행성으로 간 여자

행성으로 간 여자

박수원 제4시집

인문MnB

시인의 말_ 즐거운 아픔

축하시_ 10개의 구름

즐거운 아픔

시인은 시를 써야 시인이다.
좋은 시든, 시류를 타는 시든, 인정을 받지 못하는 시든
자기 내면의식의 발로로 태어난 심미안적인 고통의 결과물이어
그 결과물은 몇 권의 시집인가로 평가되기 마련이다.

여고 1학년 때, 그 시 한 편의 우연이 내 시작활동의 필연이 되어
정식 등단한 지 이제 7년 차 병아리.
내 바쁜 생활의 언저리를 틈 타 무단히 쓰려 애쓰는 중이다.
그리고 이제 산고를 겪으며 네 번째 시집을 낳는다.

시인이라는 사명은 혼자서 앓는 병이다.
눈에 보이는 것, 사유하는 것, 부딪치는 것 등의 모두가
아름답다가도 서럽고 서럽다가도 아파오는 혼자만의 몸부림이다.
누가 알아 줄 리도 없고 약을 지어 줄 어떤 화타도 없다.

그걸 마다않고 온 가슴으로 껴안으며 몇 날을 아파도 나는 즐겁다.

_2020년 4월, 코로나19로 봄을 도둑맞는 날에

박 수 원

[축하시]

10개의 구름

김시유

거짓말을 했을 때
나의 몸속에 구름 하나가 생긴다.

하고 싶은 말을 못했을 때도
친구가 잘못했는데
내가 잘못한 것처럼 될 때도
미안함을 밝히지 못할 때도

구름 10개가 다 차면
나는 그제서야
엄마에게 털어놓는다.

구름이 하나씩 하나씩
펑하고 터져 버린다.

〈대구 대남 초등 학교 2년〉

차례

06   시인의 말

07   축하시: 10개의 구름 _김시유

제1부 ··· 행성으로 간 여자

15   보리밭에 이는 바람

16   새벽을 걷는 새

18   달구경 _마음 가는 대로 1

19   선택 _마음 가는 대로 2

20   고요한 태풍 _마음 가는 대로 3

22   돈키호테야, 돈키호테 _마음 가는 대로 4

23   지천명 _마음 가는 대로 5

24   닳은 신발 _마음 가는 대로 6

25   행성으로 간 여자

26   간헐적 단식

28   미스터트롯

30   나이 들은 거리

32   능소화 가지가 담장을 넘어갈 때

33   촛불을 켠다

34   해바라기

36   고립 _대구에 사는 게 서러운 날

38   지는 노을이 아름다운 건

제2부 ··· 까칠함에 대하여

43 　연모

44 　까칠함에 대하여 1

46 　까칠함에 대하여 2

47 　까칠함에 대하여 3

50 　꽃말, 서서히 깊숙이 스며들다

51 　오르막 길

52 　의자의 노래

54 　물무리골 습지 연대기

56 　아비뇽의 여인처럼 나는 분해된다

58 　나는 영웅이 아니라네 _박 씨 부인의 어느 날 독백 1

60 　환골탈태 _박 씨 부인의 어느 날 독백 2

62 　저런 웃음

63 　지금은 외출 중입니다

64 　지상에서 지하로　1

65 　지상에서 지하로　2

66 　지상에서 지하로　3

67 　잃은 말

68 　한여름 밤의 꿈을 꾸는 한낮

제3부 ··· 격리

73   누운 풀처럼

74   거미의 나라 _격리 1

76   나 홀로 땅 밟고 선 나날에 _격리 2

77   배추꽃 하양나비 _격리 3

78   돌꽃 _격리 4

80   시나브로 _격리 5

81   끌어안는 법

82   변명

84   그 섬, 마요르카의 쪽빛에 물들다

86   깨진 쟁반을 씻는 날에는

87   아아, 시끌벅적

88   그 병원 입원실의 소리에 나는 즐겁다 _병원 일기 1

90   아름다운 병실 _병원 일기 2

91   과일 속 씨앗처럼 1

92   과일 속 씨앗처럼 2

93   과일 속 씨앗처럼 3

94   과일 속 씨앗처럼 4

129 ● 박수원 작품 해설
시간과 공간의 층위 시학 ─유한근(문학평론가)

제4부 … 빈 나무

 99　빈 나무 1
100　빈 나무 2
102　빈 나무 3
103　그댄 눈처럼 뜨거워라, 나는 불처럼 냉정하려니
104　멀어질수록 그대에게 가고 싶다
106　과연 나는 누구에게 아름다운 사람인가를 묻는 밤
108　광합성
110　칡넝쿨 1
112　칡넝쿨 2
114　사유의 힘
115　닮은꼴
116　시지 도로변에 나뒹구는 애호박 연두의 고백
118　빚진 마음
119　알량한 사람
120　줄서기와 새치기
121　미련 없는 것들의 미련 3
122　신천지 아파트
124　후유증

제 1부
⋮
행성으로 간 여자

보리밭에 이는 바람

녹색 머리칼을 휘날리며 건너오는 바람, 너의 청춘도 그랬다
안온다가도 한순간은 그 질펀한 바람의 순간

한바탕 물결에 휘적신 것처럼 정신을 놓다가도 풋풋한 비린내
퍼부으며 싱그럽게 다가온다

너의 청춘도 그랬듯이

늘 세월은 말 잘 듣는 한 술 약이다

고개 숙인 보리밭은 아직도 먼 데

거룩한 성자처럼 가는 길 바쁘다고

코끝을 스치는 시샘만이 농후한 윤오월 바람, 바람아

새벽을 걷는 새

두려워 말라
일찍 둥지를 털고 나온 새벽은, 뒷동산 하릴없이
상큼했던 싱아 같은 두려움
깨지 못해 뒤척이는 고가선 그 검붉은 콘크리트의
고적한 몸부림에
푸드득 푸드득,
접었던 날개가 쉬이 펴지지 않는
아직은 동 틀 녘
웅크린 채로
종종 걸음 재며 걷는 얼굴에 억센 불빛이 질주를 한다
지난밤 적막이 살아있는 것들의 일시 멈춤이라면
새벽은 꿈틀대는 한 판의 반동 승부
곧 일어날 해처럼 설레지는 않아도
고단했던 날개들 쭉쭉 펴고서
늘 날 수 있음에 찬송을 하라
새벽은, 아침을 이끌 날갯짓 힘껏 서두르는데
서두르는 두 발꿈치에 불이 붙고 있는데

아직은 동 틀 녘

두려워 말라

곧추세운 가로등이 깜빡깜빡, 여명을 훑는 지금에

달구경 _마음 가는 대로 1

오늘 밤 요선정을 울리며 치닫는 물은 아직까지 왕방연의 눈물인가 움푹 패인 반석들에다 교교한 달을 품는다 소나무 삐죽이 걸린 저 달도 어느 화공의 솜씨를 몇 천 년 더 품을 것인지 으스름한 기운까지 소슬하다 못해 망연하기만 해서

내 열 살의 봄날도 그러했듯이 사이다에, 계란 삶아 어깨를 메고 원족 갈 때에 요선정 돌에 새겨진 이 마애불상에 보름달같이 빛날 내 소원 몇 번이나 빌어 봤던가 마음 가는 대로 빈 그런 소원은 몇 개나 되어 손가락 안으로 옹글옹글 뭉쳐졌을지

하나라도 새지 않고 오롯이 뭉쳐질 것을 믿으며 열다섯 철부지, 그래서 겁도 없이 고향을 떠났는지도 십여 년의 그 서울살이, 휘황한 보름달은 거의 본 적도 없이 또 마음 가는 대로 웬 달구경을 웬일로 찾아 나섰는지

안의 마을 그 두메 우물에서도, 농월정 그 많은 월연에서도 아직 못 다 이룬 내 반달만큼 자란 소원이 서리서리 뭉쳐들 있어, 보름달로 채워질 그 날 꼬깃꼬깃 빌면서 스물세 살 봄날은 그리도 흘러갔다 어디라도 다다를 걸 두려워하나 끝없는 내 안의 강물, 온몸에 퍼 부으며 흐르고 흘러갔다

18

선택 _마음 가는 대로 2

네 마음 가는 대로 길을 떠나라
네 마음 가는 대로 옷을 걸쳐라
네 마음 가는 대로 사랑하며 증오하라
네 마음 가는 대로 노래하며 슬퍼하라
네 마음 가는 대로 천사 되고 사탄 돼라

그런 것도 네 의지가 함께하기에
네 마음 가는 대로 흘러만 가라

그리 닿는 곳이 네가 만든 네 빛깔
그리 닿는 곳이 네가 만든 네 쉴 곳

고요한 태풍 _마음 가는 대로 3

네게서는 늦가을 바다 내음이 끊이질 않아
짭조름한 그리움에 후다닥 달려온 진동만 앞바다
저처럼 은 빛깔 반짝이는 추억이 한 아름이라서
늦가을 바다 내음이 고이 가라앉질 않는 걸까

옛날 같은 미더덕껍질 두엄,
온 동네 물씬물씬 풍기다 오도독대며 잠들었고
동네 애들 뛰놀다간 모래 발자국 틈틈이
흩날려온 갈매기 깃털만이 뒹굴뒹굴,
같이 모래 위를 뒹굴다가 그 깃털 날개로 달리면
나, 네게로 날아갈 것임을

마음 가는 대로, 마음 가는 대로
짭조름하게 절어가는 늦가을 저 바다는
겨울이 저물면 잔물결 따라 더 어둠속 횡하니 떠돌다가
또 마음 가는 대로, 마음 가는 대로
너를 묶어둔 뱃전 그 밧줄을 당기며
한바탕 휘저을 내 마음 고요의 태풍을 잠재울 걸

그렇게 내 서른의 항해는 알 것을,
바다를 요동치는 대로 전진하던 네 성난 때였음을

돈키호테야, 돈키호테 _마음 가는 대로 4

혹하지 않는 나이인데도 혹시나 혹해서
머리를 짧게 자르고 청바지를 걸치고 칼을 허리에 차고
돈키호테야,
돈키호테야,
마음 가는 대로 휘두르는 칼이 살아서 춤 췄다고
아마도, 춤추는 칼이 허공을 겨냥했을 텐데도

지천명 _마음 가는 대로 5

하늘이
스스로
데려가는 시각
알 수 있다면
정갈히
정화수
한 그릇에
퐁당 빠져서
버들잎
붙잡을 만큼
허우적대지는
아니하기를

닳은 신발 _마음 가는 대로 6

흐린 날이면 짐을 꾸려 나 기꺼이 나그네 되리
차창 밖 바라보다가 이내 선뜻 눈이 머무는 곳

그곳 걷다가 또 차를 타고 달리다가 다시금 내려서 보면
마지막 외딴 곳, 허름히 낡은 그곳이 내 닳은 신발 편케 누일 곳
무엇을 더 갈구하려 어지러이 아방궁 찾을 것인가

내일은 어느 길로 또 가야 할지를
마음이 안개처럼 내려앉을 나지막한 구릉에 올라
지나온 온 마을을 고스란히 비춰줄 그곳이면 되리

아직까지는 가시덤불 조여 오는 저기 저 들녘
마음 가는 곳에서 다시 마음 가는 곳으로
길이 없으나 길이, 발 닿는 곳이 내 닳은 신발 머무를 그곳

행성으로 간 여자

지금 지구에 있는 여자는
수성 금성 화성 목성 토성 천왕성 해왕성
그 중 어디로 갈까, 어디서 살까

매일 창문을 열며 창문을 닫는
지친 척추로 지친 지구를 발 딛고 사는 여자
꿈에서라도 꿈을 좇는 여자가
우주 끝 어디로 가야만 할까

화성은 냉정해서 밟기가 힘들고
토성은 기체에 붕붕 떠 다녀야 해 이내 못 가고
금성은 뜨거워서 또 열정에 시달릴까 봐, 그렇고
온갖 핑계를 대면서도 가야만 한다고

하룻밤, 열두 번도 더 행성으로 간 여자
지구를 떠나지 못하는 여자가
맘대로 집도 비우지 못하는 여자가
가끔은 자기도 잃어버려 서성대는 여자가

간헐적 단식

폭식한 사랑이 더부룩하게 부르트고 있다

그 사랑으로 이내 부어오른 배는
부글부글, 무서움도 없이 혈압을 높이고 허리띠를 늘어뜨리는
그건 만연된 사랑이다

이따금씩 메슥거리는 배탈의 징조는 욕심낸 사랑의 반증인지도

흔하게들 사랑해서, 그래서 귀한 맛이 귀해서 지극히도 굶어야
할 사랑인지도

때때로 비우며 사는 것이 옳다고 한들
꺼질 줄 모르는 무게로 뒤뚱뒤뚱 뛰어오르는 갈등에도 초연했던 너,
너 때문에
엄청 나는 배부르게 먹는다

가벼워진 사랑 앞에는 늘 배 고파하는 갈구가 배어서라고
받은 사랑의 적정선을 그 누군들 그리 알겠는가

덜어내야 네게 줄 사랑 또한 듬뿍하다는 걸, 그만을 알 뿐

그래서 간헐적으로 지극히 굶어야 할 사랑인지도

미스터트롯

목요일 밤은 미스터트롯의 밤,
한시름이 품안에서 도망치던 밤이다
이 노래라도 들어야
멀리 있던 일주일이
고운 님 오시듯 사뿐사뿐 찾아와 매일이 즐겁다
즐겁다 못해 보내기가 서럽다

그런데 서럽다 못해, 매정토록
문전박대할 님은
기별도 없이 찾아온 멀리서 온 손님이다
대면하기조차 싫은 님이어서
스스로 두는 이 사회적 거리
이런 게 창살 없는 그 감옥이라든가

순간은 영원의 노래를 남기고
이제 미스터트롯은 끝났다

환호했던 목요일, 한 줄기 햇살은 그렇게 갔다

보랏빛 엽서를 애절히 써 놓고는
또 막걸리 한 잔을 거나하게 따라주고선
진또배기 한 타령으로 위로해 줬다
난 시름없이 이기겠노라
고맙소, 고맙소를 한결같이 되뇌었다

나이 들은 거리

어느새
비밀같이 시간이 흘러 그 언덕, 그 느티나무
온 데 간 데가 없이도
시간을 붙들고 헤매는 이 거리에는 고층빌딩 유쾌히들 어깨 맞대고
키 재듯 용케 버텨 서 있다
새 것은 겉뿐일 뿐 내 눈엔 다아 다 처절히 나이 들은 거리
언약은, 그러나 어디에서 후루룩 불려 와 어디로 다시 흘러갈지가
오래 전 무진처럼 가물가물하기만

연연히
잃은 곳과 얻은 곳이 한 곳에 머물러 사는 데도
사라진 것만이 어릿어릿, 낯붉히며 어설피 스며드는 곳
이건 어차피 새로울 것 하나 없는 다아 다 나이들은 거리라고
저 빌딩 저 계단, 저쯤, 저쯤이
아마도 그 언덕, 그 느티나무 나란히 서서 날 기다리던 곳
눈치껏 살아온 더부살이 삶이라도 어찌 쉬이 피할까

더불어
묵은 삶이라 구차한 게 더 있을까
굳이 버리지도 그리 염려치도 말기를 간곡히 부탁한다
묵은 황토는 제 한 몸 썩혀 한 세월을 키웠듯
새 것이 헌 것으로, 헌 것이 새 것으로 옷만 갈아입는 이런 무지렁이
같이 나이 들은 거리
본색은 그 안에서 움 트고 열매로 맺어 늘 거기에 살고를 있다
비밀같이 시간이 흘러도 나, 머물러 사는 동안에만은

능소화 가지가 담장을 넘어갈 때

주황빛 능소화가 담장을 넘어간다
혼자서는 숨기기가 힘들어서 늘 힘들어서 주욱쭉 늘어진 가지
한껏 더 늘어지며, 가지에서 가지로 여린 순 뻗쳐가며 동맹을 강화한다
속 시원히 터놓자고 맨날을 다짐하면서도 더욱더 늘어져
속도 보이지 않는 그 회색 담장, 홀라당 감싸 안고는
시끄러운 티끌까지 머얼리 훅훅 털어내 준다

보라, 온 날 온 담을 껴안는 저 놀라운 치유력을

내색도 없이 주황빛 능소화가 담장을 넘어간다

촛불을 켠다

어둔 밤 어둔 길을 헤매는 사람아,
낮에는 밝혀도
빛남이 없어서
밤 찾아 꼭꼭 별 아랠 헤매어 도는가

어둔 밤 그 어둔 길만 밝히는 사람아,
뜨겁지 않은 촛불은
촛불이 아니라고
동백꽃 핏빛 울음으로 밝히어 섰는가

헛디뎌 엎어지고 절룩거려 쓰러져도
촛불 하나 켜질 때에
별 하나 반짝였느니
어둔 밤 밝히려다가 촛불이 된 사람아,

해바라기

고흐의 해바라기는 아직도 노랗게 살아있다, 죽더라도
그 씨앗까지 송두리째 남겨줄 것처럼
다른 해바라기들 속에서 영원한 탄생을 준비할 것처럼
죽은 듯이 살아있다

노란 집에서 그 노란 해바라기는 그를 노랗게 맞이하려는 준비였음을

가장 행복했던 순간은 처절히도 황홀히도 드러나는 법이다
그는 일부러 시든 해바라기를 그려 고흐를 분노케 했지만
경쟁은 사랑하는 것처럼, 아름답기는 하나 어리석기도 하여
늘 서로를 지치게 한다

너도 그렇다
네 얼굴만 한 해바라기에서 네 살아있음을,
순수의 증오를 맛봤음을,
시들지 않는 사람은 시들어서도 살 수 있음을 증명해 준다

파이프를 물고 귀에 붕대를 한 자화상이

해바라기를 그리는 고흐를 덧칠하는 그를 바라본다, 그러면서
물끄러미 건네는 말
고갱, 달라던 해바라기를 다시 한 점 그려줄 테니 내 옆에 좀 있어 줘

여태껏 해를 따르는 해바라기를 따라가며 살았듯
해도 아닌 그를 왜 따르려고 했는지
고흐미술관의 그 십이만 오천 송이 해바라기 미로처럼
찾을 것만 같은 노란 미로 속으로 발길을 돌린다

죽은 듯이 살아있는 까마귀 나는 노란 밀밭 찾으러 또, 또

고립 _대구에 사는 게 서러운 날

사람이 싫은 날은
알타미라 동굴에 갇혀 마냥 잠자고 싶던 날
아니면, 아라비아 사막
어느 사구를 홀로서 헤매어도 끄떡없을 날일 텐데
코로나19*가 물밀듯이 범람한 날로
거슬러 한 달째
갇혀 산다는 게 마냥 서러운 날일 줄은
대구에 사는 게 마냥 서러운 날일 줄은

스스로 갇혀 사는 날의 가치로
학창 시절 무한히도 사모했던 까뮈,
그의 페스트를 읽은 후로 서럽게 나는 갇혀버렸다
과연 이런 동굴 올까도 싶었는데
막연한 환상이 물감 퍼지듯 번져나는 실존에,
실존이 꿈틀대는 고립의 사구도 올까를 싶었는데
끊임없이 울리는 생존의 전화와
눈 뜨면 불어나는 확산 소식에
그대가 떠난 날보다 더 서러운 날일 줄은

그러니 우예 할꼬, 우예 할꼬
그윽한 이 봄날을
가도 오도 못하고 도둑만 맞고 있는 이 봄날을

---

* 코로나19 : 2019년 초겨울부터 중국 우한에서 시작된 호흡기 전염병으로
아시아, 유럽, 미국 등 전 세계적으로 확산되어 많은 사망자 또한 속출함.

지는 노을이 아름다운 건

지는 노을이 아름다운 건 내일 떠오르는 해 다시
되어 네 곁을 비출 수 있다는 것
결코 쉽게 그 곁 떠나지 않는다는 것
곱게 물들었다가 사그라지기는커녕
네 창문을 두드리며 살아있다는 것, 여실히 보여줄 수 있는 것
그런 흔적 하나로
다시 내일을 불태울 수 있기에 지금을 불태우는 것
다시 살아나 네 창가를 끊임없이 서성이며 소곤대는 것
빨리 일어서라고 끊임없이
그리하여,
더는 노을을 지는 것이라 단정하지 말기를
네가 절망했던 모든 날을 그렇게 노을은 안고 가는 것
그리곤
불쏘시개 같은 희망 한 점 부둥켜안고 다시 오는 것

면면히, 면면히
그것으로 그것 때문에 그것조차 위하여

제 2부
·
·
·
까칠함에 대하여

연모

그대 멀리 있으나
무슨 말이라도 해야 나, 살 것만 같아
펼쳐 놓은 하이얀 종이 위

한 말도 쓰지 못하고
결국 비행기로 접어 날린 파아란 하늘에
숨겨놨던 그 말들이
톡톡톡,
석류 알갱이처럼 튀어나와 휘날린다

공중에 뜬 붉디붉은 석류의 언어다

까칠함에 대하여 1

24층 베란다에서 폭염 내내 본 시집 속의 남쪽 바다,
충무일 때 가 봤던 그 아기 섬 동동 뜬 남쪽 바다는
유구히 지울 수 없는 내 푸르른 그리움,
기껏해야 유리창 너머로 펼쳐지는 드높아진 하늘에는 성이 차질 않아
춘수 선생님 처용단장 한 구절 찾으러
드디어 날 잡아 통영 앞바다로 떠난 날

동피랑 이집 저집 술래 잡듯 기웃댄 뒤 김밥 한 상자 옆구리에 푹 끼고는
케이블카 껑충 뛰올라 저 멀리 푸른 물빛 맛보며 먹으려 하다가
그만에 아뿔싸,
때 아닌 운무가 한 치 앞을 못 보게 싹싹 가리어
운무를 물 삼아
오징어무침에 깍두기, 김밥만 아작아작 씹다가 내려서 왔다

가는 날이 장날이라던데
어쩌다 내가 가는 날들은 날까지 까칠해서
다시 올 날 전혀 기약도 잊고 통영은 충무다, 통영은 충무다
예전에 봤던 그 충무를 되뇌면서

그나마 전혁림 미술관에 어릿어릿 서린 오방색 그림, 그 섬뜩함에 놀라
처용을 본 것 같이 부르르르 부적 하나 품고는 돌아서 왔다

끼칠함에 디히여 2

파리 한 마리, 몰래 들어와 윙윙거렸다
엘리베이터를 타고 올라온 게 분명하다
파리채를 찾아들고 따라다니다
내 팔만 자꾸 헛손질하는 바람에 약이 올랐다
다시 파리약 찾아들고 대포 쏘듯 칙칙 뿌려를 댔다
창문만 열어주면 알아서 피할 텐데
괜히 까칠했나 보다, 성급하게도
내가 먼저 어찔해져 며칠을 취해버렸다

까칠함에 대하여 3

오전 8시 20분.

상경하는 길에는 그 버스를 꼭 타야만 했다 그래야만 오전 9시
로 예매한 열차를 탈 수가 있다 404번, 기사님은 뒤에서 쫓아오는
날 백미러로 보면서도 그냥 가버렸다 4초의 순간이었다

14분을 더 기다려야 그 버스를 또 탈 수가 있다 하는 수 없이 택
시를 타고 역으로 갔다 미리 와서 그 버스를 꼭 기다려야 하는 내
예의보다 그 기사님이 좀 까칠했지 않나, 그 4초를 외면하고 쏙싹
가버리다니

김천쯤 지나 창밖으로 스치는 만개한 복사꽃에 그나마 맘이 가
라앉았다 1초도 가차 없이 제 시간에 서울역 다다라 사람들을 다
쏟아 부은 이 열차도 참 까칠하단 기분이 들었다 1호선 전철을 타
고 종로3가역에서 환승을 외면하곤 출구를 급히 빠져나왔다 곧장
안국동 쪽으로 한참을 걸어갔다

오후 12시 10분.

운현궁 담을 휘돌아가다 흥건히 낮술에 취한 흥선대원군을 만났
다 까칠했던 성질을 감추고 어찌 노름판 훈수나 뒀을까 모자란 듯,

손가락질만 받다가 어찌 때를 노렸는지 그 담벼락도 입을 꽉 다물었다 궁중 수라상처럼 맛깔스러운 어느 고가, 점심을 들고서야 푸근한 맘이 되었다 한잠 늘어지게 자고 싶은 노곤한 생각만이 엿가락 휘듯 축 늘어졌다

　　오후 8시 20분.
　　바삐 돌아치다보니 언제 날이 저물었는지 네온사인이 번쩍번쩍, 볼일을 다 마치고 나오니 전철역이 어중간해서　걷기도 또 택시를 타기도 뭐했다 그때 바로 서울역이라 쓰인 버스가 정류장 끄트머리, 내 앞에서 딱 멈춰 섰다 홍겹게 올라탔다 그런데 이 버스는 얼마나 느릿느릿 가는지 뛰어가도 내가 먼저겠다
　　또 9시 하행열차 시간이 빠듯했다 길이 막히지도 않는데 다른 버스들 죄다 친절히 보내면서까지 거드름을 피웠다 일부러 사람인 양 파란 신호만 기다리며 갔다 시청까지 가는 데도 한나절은 가는 기분에 나는 식은땀이 나고 도저히 앉아 있을 수가 없어 문 앞으로 나갔다
　　─기사님, 열차시간이 임박한데 좀만 빨리 가주세요
　　─그럼 택시를 타지 뭣 땜에 버스를 탔슈, 난 배차시간 맞춰야 해유

오후 9시 30분.

　나나 그나, 여유라곤 눈곱만치도 없다 하는 일마다 꼬인 오늘은 또 4분이 늦어 결국 다음 열차를 타야만 했다 그간 나의 까칠함에도 사의를 표하며 검은 차창 밖으로 하루를 내던졌다 다음엔 기를 쓰고라도 자가용을 4시간이나 모시고 올라가야 하나

꽃말, 서서히 깊숙이 스며들다

저 연분홍은 수줍다 못해 여리고
여리다 못해 옹골차게 피어난 가슴앓이 꽃
아무도 모올래 품고서는 시름시름 앓다가
촛농 떨어지듯 모두가 사그라져
아예
속으로, 속으로만 서서히 깊숙이 스며들다
스며들다가 다시금 스며든 그 자리
새초롬히 피어드는 가슴앓이 꽃, 그 메꽃

오르막길

화왕산 억새꽃은 높이도 피었다

그 언덕배기 끝도 없이 오르려다가
턱까지 숨이 치밀어 올라
퍼지는 새소리, 귀에 정녕 들지 않았고
마지막 핀 들꽃도 눈에 뵈지 않았다
왜 이리들
오르막이 많다고 투덜거렸으나
멀리 바라다보면 내리막길도 많았다고

글쎄, 삶은 때때로 그런 것일까

의자의 노래

겨울, 그 끝은 물러서는 것들의 용틀임으로
다가오는 새소리에도 반갑다
못해 시샘을 부리지만
이미 검은 용틀임의 절정이란 결국은 푸르른 몸짓

다가올 그때에 쏟아지는 기다림만큼이나
우르르 양떼 몰고 돌아올 석양 등진 목동을 위해
앉을 의자 비워져 있기를 간절히 바라는
날 저무는 틈새로도
여울목 버들개지가 움찔움찔 피어나듯이
마지막 말씀도 눈을 뜨고 연연히 피어나고 있다

그렇게
마지막 말씀을 잃다가 마지막 말씀을 피우던
그 병동 401호, 그곳도
숨 막히는 용틀임에 퉁퉁 부어올랐던 하지정맥류
검푸른 그 실핏줄에서도 봄은 흐르고 있어서
주저앉던 의자까지 일어나는 지금은 경배의 시간

또 죽어 한 자리, 또 죽어 두 자리 마련하려는
비울 줄 아는 이의 만찬이라면
무슨 설거지라도 서두를 것 하나 있겠는가

기다리는 만큼은 그 눈, 얼음 밑에서도
진군하는 노랫소리 한 다발씩 묶여져
뚜벅뚜벅, 그러나 날숨을 연신 조율하며
마지막 말씀에 흐느낄 의자가 당도하고 있다, 연신
물러서며 들어서며 또한 연민을 삼켜 가면서

물무리골 습지 언데기

한 발 한 발 내디디는 찰나, 그 찰나가 발밑에서 꼼지락대다
시공을 건너 뛰어와 뜨겁게 속삭인다

눈 감고 고생대를 밟아 보세요
눈 감고 지나온 날들 바라보세요

장릉 지나 갈대숲 지나 태고가 엎치락뒤치락하는 물무리골 습지에서
살아남은 영속의 틈바구니를 귀 기울여 대 본다
눈 깜짝할 사이 묵묵히도
태고의 울음과 환희가 캄브리아기, 실루리아기를 들려내 준다

몇 겁의 전생이 흘러 흘러서 지금 당신은 여기에 섰어요
오롯이 당신의 시대, 그 한 부분의 역사가 이제 시작됩니다
여기서 당신을 만난 건 행운이에요

나무다리 지나다 본 풀섶의 고비는 조상 대대로 그 꼴의 그 고비,
살아있다는 연푸른 손짓은
소용돌이치던 격변의 고비를 말없이 넘긴 영광이며 아픔이듯

소쩍새 지저귀는 퇴적의 골짜기, 지금껏 싱그런 숨 몰아 내쉬는데

견딘 만큼만 면면한 자태로
이 멋진 세상, 이리도 고요히 살아 맹렬히 말하고 있다

아비뇽의 여인처럼 나는 분해된다

1
오월의 담장은 페인트를 막 뿌려놓은
빨강과 초록의 물결, 위대한 장밋빛 시대다
만약 세월을 건너서
피카소의 그 장밋빛 시대에 나도 살았더라면
겉으론 저 분홍, 빨강장미처럼
향기를 품어내며 가시라도 뾰족뾰족 품으면서
여린 듯 칠칠히 살아가는 광대였는지도,
한참을 담장 곁에서 내 생애 마지막 피우는 꽃처럼
섣불리 진단할 건 아니었는데,
그렇다고 고개를 끄떡이는 건
다시는 피우지 못할 내 치열함이 없어서였다
징검다리를 건너서야 아비뇽의 여인처럼
분해된 모습을 그릴 걸 알면서도

2
우리 시유의 레고, 정원의 집은
꽃, 나무, 풀, 바람의 냄새들에 쿵쿵대는 미끄럼틀, 시소까지 방대하다
끝없이 펼쳐지는 그 레고에서

어느 날은,

꽃이 마차가 됐다가 거만한 주인이 마부가 됐다가

어느 날은,

집을 바닥에 눕히고 꽃을 눕히고 나무를 눕히고는 그건 바람의
횡포라고 했다

어느 날은,

아예 완전히 해체해서 제각각이다

가히 기하학적인 형태로 변해갔다가 다시 피어나는 입체감에

피카소를 전혀 모르는 아이에서 피카소로 옮아가는 중이다

3

그렇다면 나의 큐비즘*은 완전했던가, 내 환영까지도 인사동 골
목에서 전시하던 조각보로 나눠지고 머리에 눈이 붙고 배꼽에 입이
붙어도 제대로 보고 제대로 말했던가, 얼마나 허물어지고 조립됐다
가 다시 분해되고 다시 일어났던가 이렇게 쌓아올려져 갈기갈기 공
중분해하는 즐거움이 슬픔인 걸 알 때는, 시유의 정원에서 바람이
불고 그 시소에서 엉덩방아를 찧어 볼 때다 그때는 아비뇽의 여인처
럼 나도 또 분해될 때다 찬란한 장밋빛 시대에 맞서서 치열할 때다

---

* 큐비즘 : 스페인 화가 피카소의 화풍으로 모든 대상을 분해하는 분석적 태도.

니는 영웅이 아니라네 _박 씨 부인*의 어느 날 독백 1

그때는 눈발이 하늘하늘 내리쳤지 용골대를 맞이하던 날 내 피화당에서는, 폭풍의 전야제 때 하늘 높은 줄 모르고 달려들다 이미 탈이 난 용율대, 그 때문에 분노한 용골대가 요긴히 쓰려고 심어 놓은 내 나무를 없애려고 버럭대며 달려들었지 난 안개를 피우고 바람을 일으켜 내 신성한 정원, 더는 벌겋게 물들이고 싶지 않아 그냥 물러가게만 했었네

드디어 음흉한 기홍대도 쫓아내서 명월부인 이름 얻고 까불대며 달려들던 용율대도 벌 내려주고, 알랑대던 김자점도 혼내주고 기고만장하던 용골대도 내 앞에서 무릎을 꿇게 했지 그런데 볼모로 잡혀가는 내 귀한 사람들 위해서는 도리 없이 돌려보내야만 했었네

계화가 꾀를 내서 왕비님은 모시게 됐으나 세자랑 충신들이랑 여인들이랑은 삼 년 안에 다시 모셔올 사람 꼭 있으려니, 용골대의 퇴각 도중에 임경업 장군이 나타나 멋지게 또 혼내줄 것이려니 그러나 조서 받은 용골대는 누구라도 고이 돌려보낼 수밖에 없었지 내가 무릎을 꿇었더라면, 내가 이마를 찧었더라면 덜 독기를 품었을 건데, 덜 뒤척이는 밤들 보냈을 건데

구름이 산을 가리고 산그늘만이 줄줄 땅을 기어갈 무렵은 이미 해가 가렸네 그러니 나는 영웅이 아니라네, 단지 삼전도의 굴욕을 벗어나고 싶었다네 회복이 결단코 쉽지를 않았지만 나는 여염집 한 여인이라네, 여인이었다네

---

* 〈박씨전〉 : 작자미상의 고전소설로 병자호란을 배경으로 함.
* 박 씨 부인 : 〈박씨전〉에 나오는 여 주인공

환골탈태 _박 씨 부인의 어느 날 독백 2

내 사내로 태어나진 않았어도 뚝심은 있어, 그 용골대 덕분에
충렬부인 한 자리 얻고 충성을 다 했으니
내가 봐도 살아온 게 그저 꿈만 같고 황송스러운 일
내 운명 그 이상으로 살아온 것이 정말로 분명하네

이제 죽는 것은 다시 돌아가는 것이려니
지나보면 하늘이 날 믿어주고 도운 것뿐, 난 운이 센 여자였네

내 얼굴 이 마마 자국, 볼품없는 이 형색에
시아버님 고매한 인품 덕에 사람인 양 대접받고
남편보다 계화에게 의지하여
피화당 둘레에 이 나무 저 나무 심은 까닭은, 하도
앞일이 삼삼해서 어느 해 올 큰 화를 한껏 막으려 한 그뿐일세

피화당 곁은 죽어도 오기 싫던 이시백 씨,
내 허물 씻은 듯 고옵게 벗겨지니
웬 선녀가 내려온 줄 알고 눈이 휘둥그레져서는
그제야 찾아와선 잘못 뉘우치며 진심으로 용서를 빌더군

내 그동안 받은 상처 되갚기보다는 내 엄중했던 경고는

예의와 충성을 다하고 몸가짐 밝게 집안 잘 다스리라는 거였지
이제는 사람 다된 이시백이 밉지도, 그리 못나지도 않아 보이네

이생은 이렇게 엮이라고 하늘이 짜준 틀이었으니 그저 살았네
죽는 것은 다시 돌아가는 것, 무엇으로라도 다시 사는 것이라네

저런 웃음

해에게 타들어 가도 넉넉한 웃음으로

타들다가, 타들어 가다가

그 노오랗던 살갗 드디어 다 타버린 갈색으로 변하고도
속절없이 이 드러내며 웃어만 주는
저 들판으로 가득 찬 저런 웃음으로

찡그린 웃음은 이제 무릎을 꿇자, 해바라기 옆에서는

그저 진심, 해를 보듬는 넉넉한 웃음으로

지금은 외출 중입니다

모처럼 찾아간 그 집 문 앞에
지금은 외출 중입니다
그래도 금세 올 것만 같아 연신 기다려 본 문틈 사이로
하루가 가고 한 달이 가고 일 년이 가도
문 열어 줄 기색 전혀 없는

지금은 외출 중입니다, 외출 중입니다

그래도 금세 올 것만 같아 기다리고 있는 중

지상에서 지하로 1

눈 뜨면 더 눈 감고 싶어 술렁이는,

산다는 일

잠 못 들고 뒤척이던 어젯밤 다짐이 아예 생소하거나 머얼리 날아가 버린다

그러나 부리나케 일어서 보라

다시 지상에서 지하로, 지하에서 지상으로 시간을 재며 뛰어 보라

연거푸 오르락내리락하는 동안 두더지는

지상의 햇살보다 지하의 어둠이 더 아늑하다

두더지 같아도 결국, 두더지가 쉽지 않은 하루이면서

산다는 건 두더지가 되어가는 일

지상에서 지하로 2

지상에서 봉오리들 움 터
꽃 한 송이 피우는 일도,
나뭇잎 싹 터 제 한 몸 늠름히 키우는 일도,
거기에 비바람까지 견디는 일도,
하늘은 푸르나
때론 먹장구름 끼어 우산이 필요하다는 일도,
어둠에 고요히 갇혀서는 몰랐어도 되던 일
지상에서 복닥거리고 살다
원하는 것 다 이룬대도 아니 다 못 이룬대도
한 줌 흙 되어 다시 지하로 스며드는 일조차
무엇인들, 옷깃 안 닿은 데가 있으랴

지상에서 지하로 3

두더지 한 마리는 그 한 마리의 세계에 산다
긴 터널을 뚫고 나와
갑작스런 햇빛의 위협에도 눈멀지 않는다
지하에서도 혼자
그 눈 몹시도 부라렸나 보다

폭발하는 분노의 지상은 지금, 단풍잎 눈 부서 눈물이 난다

지상에서 지하로, 지하에서 지상으로 오르락내리락하는
두더지 같은 일상이
정작은 두더지를 닮지도 못하면서
또 충혈의 사계절을 그대로 두르고 살아볼 일이다

잃은 말

갈대숲을 거닐다가 말을 잃었다

바람소리
새소리
게들 기어가는 소리
갈대가 노래하며 흐느끼는 소리

말하지 않아도 다 들리는 말이
귓속으로 모여들어 귀가 멀었다

이렇게
말을 하지 않아도 말이 될 때에
네 소리 무심히도 듣는 건
지금의 사명, 잃은 말의 겸손이다

한여름 밤의 꿈을 꾸는 한낮

아스팔트가 물결처럼 일렁이는 대프리카의 한낮은, 역시나이다
외출했다 더위 먹고 달아오른 체온은 그나마 정상
아침부터 태양을 가뜩 머금은 거실은 막 무르익은 31도다

역시나,
선풍기 두 대로는 더위를 쫓을 수 없어 에어컨을 25도로 맞춰 놓고
소파 위에 대나무 돗자리 펼치고 까칠하게 누워 보니
줄줄 돋아났던 땀방울이 놀라서 숨어든다
금방 먹은 풋나물 보리밥에 노곤한 약이 들었는가, 이내 낮잠까지 술술술
눈꺼풀을 내리 눕히고 비몽사몽을 선사한다

간밤에 꾸던 나머지 꿈이 피카레스크식 구성*대로 연달아 이어진다

또 역시나,
깨어 보면 거짓이어도 좋고 깨어 보면 늘 허무해도 좋다
한 편의 소설로 이어가는 것만으로도 작가가 되어 가는 한낮인데
너무 길면 또 결말이 열린 비극으로 질질 끌릴까 봐
깰까, 말까 망설이다가 바야흐로 울리는 초인종 소리에 벌떡

—누구세요

　—홈쇼핑에 주문하신 겨울옷 배달왔습니다

　꿈꾸는 한낮에도 역계절의 털옷이 불티나게 팔리고 있었는데,
역시나이다

　꿈은 현실의 입몽으로 아직도 연이어 써 내려가는 한여름 밤의 꿈

---

* 피카레스크식 구성 : 여러 가지 독립된 이야기에 동일한 주인공이 등장해
동일한 주제로 엮어짐.

제 3부
:
:
격리

누운 풀처럼

누운 풀처럼 나는 눕겠다
키 없이 땅에 바짝 드러누워 느티나무 꼭대기 우러르다 보면
떠가는 바람들도
부딪치는 것 없어 허허하다며 건너서 뛰어갔다
비굴하지 않게
그러나 낮은 자세로 살다가 보면
바짝 버텨 있는 날보다 내 누운 날이 가슴 편했다
누운 풀처럼 다들 내려놓으면
어느 바람도 부딪침 없이 혼자 떠갔다

거미의 나라 _격리 1

저 벽, 저 모서리가 안식처라고
무당거미 한 마리가 벽 모서리에서 제 흰 줄 뽑아내며 통곡을 한다
끊임없는 흰 줄의 통곡
드디어 튼실한 공중무대는 얽히고설킨 거미의 나라, 그러나
그건 불안전한 안식처

그 나라엔 벌써 모기와 실잠자리가 주연으로 등장했고
수많은 하루살이 떼들, 무언의 합창을 이어가며 또 등장을 했다
더 큰 배우가 등장하길 기다리는 사이에
예감은 항시 예감이다, 적중했던 예감이다

갑자기 고무장갑 낀 큰손이
혼신을 다하는 무대감독을 집어 뒷마당으로 그냥 내동댕이쳤다
그새, 무대는 바닥으로 고꾸라지고 참 힘도 없이
공연은 강제로 취소되었다
날개 달은 배우들은 되레 즐거운 격리를 축하하며 훨훨 춤까지 처댔다
다시 땅만 기던 관객들은 부리나케 밤을 찾아 해질 무렵 자리를 떴다

무대는 그쯤에서 막을 내린 1막 3장, 단막극
그래도 4막은 가야할 허물어진 그 단란한 무대가 아니었든가
철거당한 거미는 빨랫줄을 타고 더 굽이굽이, 공중무대를 펼친다
어떤 손도 닿지 못할 안식처로
끝나지 않은 흰 줄의 통곡은 더 큰 흰 줄을 알같이 낳는다

나 홀로 땅 밟고 선 나날에 _격리 2

손잡고 걸을 땐 그 간격을 몰랐다 깍지 낀 그 손도 몇 도일까 잴 필요가 없었다 기어이 그대, 떠나가고 나 홀로 땅 밟고 선 나날에 까치발 돋우어 발돋움해 보였지만 그딴 높이 몇 미터인지 어느 자로도 가늠할 수가 없었다

산산이 떠도는 구름들만이 꼭이나 캔버스에 그려냈던 똘똘 뭉친 그 응어리들, 닿지도 못할 하늘에서 우두둑 우두둑 돌처럼 뭉개져 내려와 가슴으로 쌓인다 이미 내 안에 들어와 가부좌를 틀고 앉았다 신음하는 돌밭, 가련토록 황홀한 돌밭이다 이적지 늘리지 못한 마음밭이 오늘에야 염치도 없이 돌밭으로 쌓여 올 적에 어젠 닿지도 못해 칭얼거리던 격리, 오늘은 한 치도 모를 간격으로 나란히 살다가 잠까지 청한다 휘청대며 찾아올 내일의 아침이듯 언제나 똑같다

그러나 다시 홀로이다 찻집에 남아 마시는 이 커피가 빛다만 별리처럼 공허하다, 고독도 하다 홀짝이며 떨어지는 물방울 같은 공유가 우두둑 다시 우두둑, 찻잔으로 지다가 찻잔으로 쌓여온다 진작에 홀로이면서 홀로일 수가 없다는 듯이 움터오는 그 소리, 돌밭에서도 움 터오는 그 소리이다

배추꽃 하양나비 _격리 3

헛기침이 기침을 만나더니

배추꽃잎 하양나비가 화들짝 날아올라

도저히 앉아 있지도 못하고

도저히 다신 오지도 못하고

배추꽃만 꽃 대궁 덩저리 늙히고 섰네

돌꽃 _격리 4

산이 그리운 날은 우리가 올랐던 무수한 산이
거기 있어서
아직도 눈 속에 까맣게 잠들어 있는 산이라면
그것도 덤벙대고 올라온 산이라면 청솔에게 길을 물어라

한 발짝 두 발짝 내디딘 비로봉 상고대 우로
낮달만이 성큼, 외로이 걸려서 있고
영원한 격리는 독해야 산다고 뒤따라온 목탁의 질책,
산허리 걸린 안개에 쌓여 자욱하기만

저 산은 우뚝 서서 제 자리자리 고루 굽어 헤아리나
평생을 볕조차 누리지 못한 산비탈 누운 밭 한 떼기에
숨 쉬기도 힘든 돌꽃들이 꿈틀거리긴
산 아래서나 산 위에서나 매한가지
그 꽃도 꽃들이라면
눈서리 맞고 선 찔레꽃 저 열매이듯, 저 빨강의 늪이듯

깊이도 모를 늪 구렁에 빠져들어도

독하게 살자구나,

우리가 올랐던 무수한 산이 거기 있어서

그리운 날은 그리운 대로 산으로, 산으로 올라가는 날

시나브로 _격리 5

시나브로 하루가 오더니
시나브로 이틀이 또 가는데
덫에 걸린 애증인가, 가지도 오지도 못해
하늘 한 번 쳐다보고
땅 한 번 내려다보곤
나날이 그저 그 자리

끌어안는 법

무조건 꽃잎은 저야 하는가
떨어지지 않고 열매 맺는 축복은 어디에도 오지 않는가

줄곧 여념하다가 지금은 한밤
찬란하던 색깔조차 용케도 뭉개버린 칠흑의 관용에
마지막 작약 그 꽃잎마저 땅으로 밀쳐져 끝끝내 고개를 떨군다

바람이 부는 만큼만 꽃잎은 저버리고
져버린 만큼만 남는 건 앙상한 향기뿐, 앙상한 웃음뿐
떨어내려 안간힘 쓰던 네 잔혹한 상실도 한바탕 네 데인 자리로 남을 터

화끈화끈 밀쳐 오르는 물집에서
눈보라에도 움 트려 구슬피 숨 떨던 그때를 기억하는가
바르르 밀쳐내던 절호의 시각, 그때를 기억하는가

데인 자리도 아름다운 흠집으로 끌어안으려 곰삭듯 끓이다가
또 식힌 만큼의 얼음벽 높아질지라도
열매로 맺을 데인 그 자리 끌어안는 법, 까맣게 저야하는 법

변명

매일을 휘이 휘이
쫓기만 하다가

다 떠난 들녘엔 나만이
우두커니

내 어깨 누구라도
잠시 잠시
앉았다 가주면 어쩔까

누더기도 벗을 만큼
누추한
이 어스름에

흩어진 이삭들만
알뜰히도 주워 본다

오지도 않을 이를
이삭 세듯 헤아리며

그 섬, 마요르카의 쪽빛에 물들다

사방이 쪽빛에 물들었다

하늘이 바다에 풍덩 빠지더니 여기가, 수평선도 삼켜버린
함지박에 빠진 깊고도 짜릿한 쪽빛
군데군데
함창 장날 명주집에서 봤던, 쪽빛치마 위에 하양저고리가 걸리었다

연이어 뭉게구름 흩어지며 흘러나온 옷고름이 배시시 나부끼고
여밀 틈도 없이
소소히 물들어가는 살갗 코를 톡 쏘는 쪽빛 비린내였다

삼백 일, 태양이 있다는 이 섬에서 며칠의 잠은 아까운 사치
더 머물 수 있는 데까지 물들다 보면
마요르카 성당의 청아한 종소리도 쪽빛 성가대였다

그 소리에 발 멈추고 물들어 가는 영롱한 낯빛들이
마요르카 드라고처럼 팔딱거리다
돌멩이 틈으로 태양 쫓듯 쏘옥 몸을 숨기는 여기가, 가장 그리운 건

가끔은 장대비 억수같이 퍼붓던 그날이었길

쪽빛에 물든 그 비 내리면 쪽빛 함성이 파다히 들렸다

빗속을 뚫고도 달려 나갔던 그날의 함성이라면
흔적도 없이 사라진 열정에 그 비 매일 맞아도 좋고
되레 시퍼런 칼날 같은 섬뜩한 사색, 그에 물들면 몽롱해서 더 좋다

그 섬, 마요르카의 쪽빛에 물들다가
쪽빛에 겨워 지쳐본 밤의 언저리
늦도록 지지 않던 태양에 몸 사린 달무리도 경련에 일렁였다

그나마 한때였다고 꼭두서니 같은 붉은 울음을 짖어댔다

깨진 쟁반을 씻는 날에는

여행 가방에 널 넣을 때 더 포근히 감쌌어야 했다
대수롭지 않게 넣어서
네 가슴에 간 금, 내게도 상처로 남아 씻을 때마다 함께 아프다
그 많은 세상 많은 쟁반 중에서 내 눈에 띈 것은 첫눈의 사랑이다
첫눈의 사랑은
그래서 평생을 두고 아픈가 보다
아물 것 같은 자리에 도드라져오는 그 상처로
깊고도 푸른 밤 가로질러 내 식탁에 당도한 너,
더는 눈물 흘리지 말라고 마른 부스러기 소복이 담아 더디게 씻는다
아주 더디게 너를 보내려 내 안의 민어부레풀
듬뿍 듬뿍 쑤어 깨진 틈으로 부어 넣는다
깨어진 사랑도,
이미 깨지지 않을 때보다 더 설레며 바라볼 따름이다
아물 것 같은 자리에 도드라져오는 그 상처도,
되레 덧내어 맛볼 따름이다

아아, 시끌벅적

광화문 솔가지
이순신 동상 비껴가며 솔방울 한두 방울,
툭툭 던져 봐도
출전을 기다리던
한산섬 달 밝은 밤보다 더 어수선한 밤이여
안 보면 그만이나 물러설 수가 없는 처지
방울이라도 담뿍 매달리면
불화살 쏘아대듯 쫓아내 보련마는
언제까지나 있는 척, 없는 척
저 유령들의 아아, 시끌벅적

그 병원 입원실의 소리에 나는 즐겁다_병원 일기 1

참 날이 좋다, 이렇게도 좋은 날이면
그 여파에 더 생기발랄해야 했다
그런데 어쩌자고 어깨가 처지고 시들어가는 모습인지, 오일 장날
팔리지 않던 그 할머니의 파장 무렵 열무 세 단의 처지
너무나 좋은 날들이어서 견디는 게 더 시들해 보이는 걸까
그런 날은
소리 없이 소리 꽃이 피어나는 곳으로 가야만 했다

모르던 사람끼리도 이웃이 되어 서로의 병을 지그시 이겨내는 곳
혼자서 끙끙 앓는 것보다 함께 모여 앓는 병이 더 즐거운 건
나누며 부딪치며 피어나는 이야기꽃이 있어서
혼자선 조용하나 외로워서 더디게 피는 꽃은, 그예 오래도록 아프다
그러니
조금만 눈 붙이려면 훔쳐 들리는 소리에 똑같이 귀가 또 열린다

주사기 들고 따박따박 걸어오는 간호사의 앳된 발자국 소리
건너편 환자가 또 아픈지 뒤척이는 소리에는 내 배가 같이 아프다
어린 아들에게 걸려온 전화에 마음 매워 홀쩍이는 옆 환자의 눈물소리

모두가 눈시울 아려 연신 손을 훔쳐낸다
그러나 병문안 온 손님들이 화들짝 떠들다 몰려가는 소리엔
그날 파장하던 저녁녘 어스름같이
나도 그 할머니 따라 집으로 가고만 싶다

새 환자가 바뀔 때마다 시시콜콜히 묻는 말들
어디가 아파요, 어디에 살아요, 어디, 어디에요
귀찮다 못해 이내 정들고자 하는 그 소리라면 다행이라고,
퇴원하는 환자들 배웅하는 소리는 각자의 새날을 조율하는 소리일까
그렇게 소리에서 소리로 만연하다가
그래도 눈 감아야 할 시간
커텐을 두루두루 둘러치면 누에고치 같은 방들에서 도란도란 눕는다

그 병원 입원실의 즐거운 소리에 점점 병들이 회복되는 걸까
다 나아서들 날 좋은 들판으로 새 날듯이 걸어 나가길
이윽고 흐리더니 가랑비 나리는 이 한밤,
평생 시들지 않고 사는 사람 어디에라도 있을까
소리 죽여 생각 중에
혹 때문에 오늘 수술한 아가씨의 신음, 빗소리처럼 굵어진다

아름다운 병실 _병원 일기 2

마음이 아파서 몸도 아파오는가
병실에 누워 모든 아팠던 이를 기억하려 창을 닦는다
병실이 아름다운 건 이제야 다 내려놓고 창을 닦아서
마알간 창으로 팔공의 능선이 훤히 옆으로 드러누우니
내 살던 곳에선 볼 수도 없었던 저 큰 위로의 풍경들
더욱이 아름다운 병실이다
금방 공항을 이륙한 비행기가 손에 잡힐 듯 내게로 날아
달리기 선수마냥 질주하며 재빨리 올라서 탄다
벌써 저 비행기에는
제주도 그 푸른 파도를 넘실넘실 태우고 간다
아픔도 넘실넘실 태우고 간다

태우고 내려놓으니 사라지는 것들의 천지다

과일 속 씨앗처럼 1

아집인가, 제 영역인가

과일 속 씨앗이 제 몸속에서 둥지를 틀다

흙 한 뼘 덮고서는

싹이 됐다가 나무가 됐다가 열매가 됐다가 돌고 돌아선

제 아집을 부린다

성스런 아집, 아무도 침범할 수 없는 제 영역이다

과일 속 씨앗처럼 2

내 성곽을 쌓고 요새를 짓고 내 칼을 휘두르며
나도 저 같은 트집을 부리어 본다
견고한 고집까지 부리며 나이테를 감고 돌고 돌아선
겨우 집 한 채 부리다가는
제 풀에 제 성곽도 허물어버린다
씨앗도 없는 헛열매 같은 그 집 한 채에 갇혀서는
그만에, 그만에 씨 없는 씨앗으로

과일 속 씨앗처럼 3

책상 위에 버텨선 지구본을 휙휙 돌려서 본다
무수히도 내핵과 외핵 속을 헤매던 나는
지각을 뚫고 오르다 남극,
하필이면 옴짝달싹도 할 수 없는 그 극점에 다다라
그 얼음 어디에선가 나는 싹이 되고 나무될 수 있을까

툭 팽개친 심오한 고립,
그러나 긴 기다림의 미학이다

과일 속 씨앗처럼 4

한 입 베어 문 사과가 새콤하도록 혓속에 배어든다

지구가 내 입에 달려 오물오물 깎여가다가
깊은 요새,
오도독한 씨앗까진 깨물지 말도록 돌고 돌아선
더불어서
자신도 없는 아집까지 부리면서

아직도 요원한 잎이 됐다가 나무됐다가 열매가 됐다가
발아를 기다리는 씨앗의 춘몽이란……

제 4부
:
:
:
빈 나무

빈 나무 1

처음부터 비어 있던 건 아니었으니
한참이던 그때를 돌아본다면
한 뼘씩 퍼지는 그늘에 가슴 뿌듯한 날도 있지 않았니

빠알간 열매까지 달고서
가득했던 잎들 남김없이 다 비우고 난, 으스름 저녁
시원한 몇 날은 애석해서 울었고
맨살인 몇 날은 부끄러워서 울었지

이런 몇 날이 몇 달이 모여 더듬거릴지라도
네게로 다가갈밖에 없는 내 외사랑은 내 즐거운 나날
그렇도록
빈 가지 걸린 초승달, 두 손 꼽아 우러를 수가 있고
다시라도 돌아올 그믐달을 재촉할 수가 있듯

굳이 남은 잎들 세지 않아도 될
이 잃어버린 풍요, 이 텅 빈 나무 아래서
빈 가지를 추슬러 본다, 찬바람 견딜 향내 뿜어내며

빈 나무 2

그때를 돌아보라
처음부터 비어 있는 건 아니었으니 충만했던 그때를

가득했던 잎들, 열매들, 그 한창이던 그늘까지도 다 비우고 난 뒤
쓸쓸하고 시원한 몇 날은 애석해 울었고
가뿐해진 날개, 파닥거린 몇 날은 가벼워서 또 즐거웠으니
어디 비워서 채워지는 것 이뿐이겠니

사랑도 빈 나무와 같아
아낌없이 주고 난 뒤에도 아깝지 않은 사랑,
받은 사랑보다도 준 사랑의 크기를 괘념치 않는 사랑이
힘겨워 더듬거리는 사람 앞에선 마땅할 사랑이듯
그런 사랑 듬뿍듬뿍 줘 본 사람은 그런 사랑 받을 줄도 알겠지

빈 가지 추슬러 당당히 일어난 빈 나무 아래서
더 강렬히 쏟아지는 햇살, 사뿐히 내려앉는 하늘을 용서할 태세
짓무른 양어깨 보듬고
남은 잎들 더는 셈하지 않아도 될 빈 마음 다가오고 있으니

그때를 돌아보라

처음부터 비어 있는 건 아니었으니 다시 충만할 빈 나무를

빈 나무 3

처음엔 그랬다
아무 것도 피어나지 않았다
그런데 껍질을 뚫은 스물스물한 이파리 속에 내일이 감지됐다
너도 그랬다
처음엔 아지랑이도 피지 않았으나 그 속에 꿈이 피어났다

그댄 눈처럼 뜨거워라,
나는 불처럼 냉정하려니

창밖엔 때 아닌 함박눈이 이화 뿌리듯 하롱대고
벽난로의 밤이 따가운 소리로 타닥타닥 껍질을 태우는, 이 밤
하이얀 이 겨울밤이 밤처럼 타들어 가고 있다
타닥타닥 터지며 다가오는 낯익은 빛살
선잠을 깨다만 냥이가 혓바닥 늘어트리며 구운 냄새를 핥고 있다
이러한 밤에라도
그댄 늘 오시던 대로 눈처럼 뜨겁게 오시라
나는 불처럼 냉정히도 타지 않는 밤을 굽고 있으려니
냉정해라, 부지런히
같이 뜨거워지다가는 다 타서 이미 검은 숯이다
불 앞에선 냉정할수록 타지 않는 밤을 먹을 수가 있으려니

이 밤, 아직도 창밖을 두드리는 하이얀 눈은 뜨겁게 그댈 반기고
나는 불 앞에서 냉정토록 밤을 굽고 있다

멀어질수록 그대에게 가고 싶다

가슴 벅차게 헉헉대며 그대에게 달려가다가
바위 곁 쪼그려 숨죽이는 순간에도
한 칠백 리쯤은 더, 더 멀어져가는 그대 있어서

그제야 알았다
나무는 제 생채기 에이도록 푸른 싹 틔워 제 가지 부러뜨릴 즈음
그런 그늘 다 드리우고도
아낌없이, 주저 한 줌 없이
바람까지 일렁이며 온 가슴으로 다독여 준다는 걸

그런데 하늘로 치닫는 어리석은 자,
언제 떨어질 줄 모르는 저만치서 나부끼는 방패연 되어
짧은 날이 기다릴 줄도 모르고
매일을 기다릴 것만 같은 눈 먼 사람 앞에서 어지러이 나부끼기만
오독이 불러온 오만의 결과는
나란히 가야 할 때를 놓친 철새의 비애를 아는지

야멸차게 아주 야멸차게도

매화길 걷던 그 손도 이화 흩날리는 길에선 끝내 뿌리치고는
불러도, 불러도 뒤도 아니 보고 걷는 머언 그대 있어서

달릴수록 그댄 멀어져 가나 멀어질수록 가고픈
그대 봄꽃 만개한 속으로
주저 한 줌 없이 달려가다가 숨죽이는 순간에도 나무는, 나무는
그제야 알았다
바람까지 일렁이며 온 가슴으로 다독여 준다는 걸

과연 나는 누구에게 아름다운 사람인가를 묻는 밤

떠나고 싶은 날엔 훌쩍 기차를 타고 그곳으로 가야만 한다 느릿 느릿 기어가는 기차를 타면 더 좋고 간이역마다 듬성듬성 핀 꽃들, 유심히 바라보는 심사가 고독하면 그 길 더 잘 떠났다 싶다

굳이 빨리 갈 목적지가 없다면, 빠른 걸음을 총총히 재촉하던 어제가 아니라면, 가장 느린 거북이 되어 달리는 날도 참으로 사는 날일 게다 그곳이 어딘지 잘은 몰라도 사람 사는 그런 냄새나는 곳이라면 마냥, 마냥 더 좋다 이런 꿈꾸는 동안만이라도 꿈꾸었던 나의 나라는

한 콘센트에
전기장판, 라디오, 선풍기, 컴퓨터 선이 좨악 꽂혀서는
제각기 제 소리만 부르짖다가
타이머 맞춘 선풍기가 딱 멈춰서더니
그제야 찍찍대던 라디오에서 울리는 노랫소리 선명도 하다
지금은 오전 두시 삼십 분,
FM 방송에서 사랑의 진실이란 노래가 흘러나온다

과연 나는 누구에게 아름다운 사람인가,

참으로 아름다운 사람 되어 봤던가
토담집 방안,
촉촉한 귀뚜리 소리에 진실을 토하며 아리도록 따라 부른다

광합성

나는 당신을 너무나 사랑합니다
당신이 내 옆에서 날 어루만져주는 시간
길면 길수록
뿌리부터 끓어오른 애타는 물길은
살갗까지 초록으로 물들이고는
터져나는 사랑의 환희로
당신이 취하도록 싱싱한 입김을 뿜어냅니다
숨이 차도, 너무나 숨이 차도
들숨을 크게 들이마시며
지난밤 당신을 잠 못 이루게 한 숱한 번민을
내 몸 가득히 끌어 담고는 홀로이 콜록댑니다
그러나 당신이 내 옆에 있는 한
당신과 나를 위한 위대한 요리를
황홀히 흔쾌히 만들어 갑니다
가끔은
당신이 오지 않는 날에도 옆에 있는 것처럼

그러므로 난 당신을 너무나 사랑합니다

당신이 내 옆에서 날 어루만져주는 시간
길면 길수록
당신은 나의 영원한 영양소입니다
못 견디게 추운 어느 날,
마침내 내 옆 떠나더라도
앙상한 뼈로 남아 당신을 무작정 기다립니다

칡넝쿨 1

그렇게 될 수밖에 없었어요, 나는

얼굴 보고 말하면 아무 것도 아닌 일이
한 발짝 무르면 별것도 아닌 일이
풀 수도 없을 매듭 꼬이듯 비비 꼬여 갈 때면
빈말인 줄 알면서도 그 말은 진짜로 들립니다

나만의 옷을 걸치고 나는 특별하다 여겼어요
그런 내게 나와 같은 사람
어디 가나 많다고 하니 빈말인 줄도 모르고는
더는 그 목소리 듣기 싫어요,
더는 편지도 쓰지 말아요,

그렇게 될 수밖에 없었어요, 나는

있는 말 없는 말 소낙비 퍼붓듯 다 퍼붓고는
매일 매일을 혹시나 하며 가지 순 뻗쳐봅니다

그래도 가뭄에 먼지잼 오듯 전해오는 소식 있어서
뿌리 굳은 그 마음에
며칠을 꾸역꾸역 앓으면서도
알듯 모르듯, 모르듯 알듯 또 새침을 떼봅니다

칡넝쿨 2

그새 살뜰히도 꽃 피우던 바람들
몇 번을 스쳐가고
올해도 봉오리 곁에서 차갑게 소곤대는 세찬 바람결,
그 결에 휩쓸려온 목소리엔

더는 편지를 쓸 수가 없어요, 손이 움직이지 않아요
어둠을 바른 채 달려온 이슬 젖은 그 목소릴
하염없이 낚아채 말려봅니다

결국 그렇게 될 수밖에 없었어요, 나는

잃은 뒤 보이는 것들 찾으려 다가갈 수밖에 없어요
자줏빛 그 꽃들 다 떨쳐버린 넝쿨에서
이리도 너울지는 푸른 손, 까짓 펼쳐봅니다

혹시나 하늘우체부가 건네주는 편지 있을까
영악한 무지렁이 같은 이 손바닥 펴고
흔쾌히 움츠리며 비비 꼬여갑니다

하늘 차마 볼 수가 없어 남까지 우울하게 가려갑니다

숨 조일 만큼 눈부신 구월의 햇빛까지 가리면서요

사유의 힘

갈까 말까 망설이는 강둑에서 그예 없는 답
나는 서 있지 못해 주저앉았다

반짝이는 강물이 내 눈물에 들어와 같이 흘렀다
저처럼 반짝이며 떠올라 흐르는 것도 일말의 사유

여울목 거스르며 튀어 오르는 은어의 비늘처럼
반짝이는 결정의 방울, 저 방울도 일말의 사유

오는 길에 보았던 연꽃잎 뒹구는 물방울이
토옥톡 정갈히 흩어졌다 궁그는 것도 일말의 사유

모나지 않게, 모나지 않게 돌돌돌 굴려가는
그 쇠똥구리가 주저앉은 강둑을 기어올랐다

닮은꼴

신발을 벗고
현관 거울을 스쳐 갔는데 엄마의 얼굴이 보였다
언제 엄마가 오셨을까, 두리번거려 봤자 신발도 없고 기척도 없다
언제부턴가 우리 집 거울에는 엄마의 얼굴이 비춰진다
자식들 제 혼자 큰 듯 홀씨처럼 홀홀 떠나 가버리고
뜰에 심은 접시꽃 꽃잎 같은 입술연지라도 바를 수 있을 그때에
그때의 엄마가 내가 되어
말씨도 걸음도 서럽게도 닮아간다
엄마를 고스란히 닮은꼴이 희한해서 요리조리 비춰보다
또 다른 닮은꼴이 엄마하고 부르며 들어오니
간혹 토끼눈을 안 할 수가 없다
이십오 년 전의 내가 신발을 벗고 날 덥석 안아준다
그때
이십오 년 후의 내가 내게로 전화를 했다
나다, 엄마다, 밥은 꼭 제때 먹고 몸 안 좋으면 병원 꼭 가거라
영원한 닮은꼴, 나의 조순자 씨다

시지 도로변에 나뒹구는 애호박 언두의 고백

올여름엔 시지 도로변에 나뒹구는 애호박을 자주 샀다 햇볕이
고르게 배인 앙팡진 그 연두의 천진! 청초한 살의 풋내가 마구 날
흔들어댔다

호박은 몇 덩이씩 모여 덩그렇게 살던 담장의 추회를 나누었지
만 주름진 할머니 앞에 놓인 네 씁쓸한 눈짓, 주섬주섬 꺼낸 네 고
백은 마지막 그 연두색 희망!

할머니 무딘 손이 내 꼭지를 마구 비틀 때
노란 꽃 피는 그 담장에서 더 함께하고 싶었지요
더 진초록으로 영근 후에
내 할머니 거북손처럼 무디게, 무디게
그 가을서리까지 에이듯 누렇게 품은 후에
달콤한 한 그릇 성찬으로 남고만 싶었지요
그러나 선택은 자유롭지가 않아
당신의 식탁에서 이제 풋풋한 연두가 될 거예요

할머니 부르는 값이 네 고백에 비할까만 난 망설이지 않고 나뒹
구는 애호박을 몽땅 사 버렸다 자반고등어 한 손 사서 빨리 돌아갈

116

수 있으신지 할머니의 입 꼬리가 눈에 걸리었다

서슴없이 짐을 싸서 돌아서는 네 할머니, 재빨리 등을 돌려 애호박전 구울 생각에 바빠진 나, 서로의 길은 달랐으나 총총대는 희망은 오로지 너로 인한 저녁식탁의 잔인한 성찬!

빚진 마음

나는 빚진 마음이 참으로 많습니다
맑게 비춰주는 햇살에게
그늘을 내려주는 나무에게
피어있는 어여쁜 꽃들에게
나의 빈틈도 사랑해주는 모든 이에게

이다지도 날 감싸주는 것들
지천에 널렸어도
어느 것 하나 저절로 주어지는 건 없이
그들도 고통 속에서 사랑을 만듭니다
그리하여 그 빚 갚으려 하면
내 빚진 마음이 열심히 더 커야 합니다

알량한 사람

자선냄비 딸랑거리는
소리에
지은 죄가 놀랐는지
소리보다 더 큰마음을
딸랑 딸랑 넣어보았네
한참을 땅
굽어보다가
먹구름 낀 하늘
또 올라다보며
한해를 잘 버렸다고
큰 휘파람 불어대었네

줄서기와 새치기

줄서기는 우둔하고
새치기는 재빠르다, 아니
줄서기는 여유 있고
새치기는 조급하다, 아니
줄서기는 곰과 같고
새치기는 여우같다
여우같은 새치기는 곰 같은 줄서기가
바보인 줄만 안다
바보인 줄만 알고
가로채다 밟히기가 일쑤다, 아니
줄서기가 여우같고
새치기가 곰과 같다면야

미련 없는 것들의 미련 3

이 세상 밟고 섰을 적엔 전혀 모르다
다시는 그대, 내 곁에 없다는 걸 알았을 적엔
기어이 다 주지 않은 엷은 그 무게 때문
미련은 미련을 넘어 물밀듯이 넘쳐납니다
그대, 과연 있을 때 그리워 키운 열매 얼마였는지
손가락 가락가락 꼽아를 봐도
더 많이 키워온 미움들만이 광주리에 한 가득합니다
다시는 어깃장얘기 할 수도 없고
다시는 미운 그 얼굴 볼 수도 없을 때야
덤으로 생기는 이 미련은 못난 미련입니다
그리움이 반, 미움이 반이 넘쳐서
흘러내린 내 강물 그대에게 들킬까 봐
그대, 겨우 곧추세운 마음 또한 흐트러질까 봐
결코 부치지 않은 이 시들은
절대 그리움 아닌 미움의 증표입니다
미련 없는 것들의 미련은 끝내는 미완성사랑입니다

또 미련이 미련을 딛고 진저리치게 퍼져납니다

신천지 아파트

신천 옆에 사는, 사람들 사는 아파트
우리 아파트는요
활짝 핀 산수유가 시골집 멍석에 깔아 놓았던 노르스름한
그 좁쌀 몇 되 박 뿌려 놓은 듯
여기저기서 노릇노릇 봄이 왔다고 야단입니다
머지않아 개나리도 필 것이지만요

이때쯤, 저 나무들 밑으로 나는
노란 원복에 노란 가방 메고 노란 버스 타러 뛰어갈 텐데
언제 입을까 쳐다보고만,
자꾸만 입고 싶어 만져보기만,
엄마는 코로나라는 손님이 찾아와서 못 나간다며
현관문을 꽉 잠가놓곤 놀이터도 나가지 말래요
아마도 무서운 사람이 오는가 봐요
내가 목말라 헛기침만 해 대도 산수유 화들짝 놀라 꽃 피우듯
온도계를 귀에 갖다 대고들 산답니다

이 비는 산수유를 적셔주니 봄비겠지요

희뿌연 앞산이 쓸쓸하게 내 눈을 맞춰줍니다
아빠와 거닐던 신천 여울이 송사리 떼 키울 때가 다 됐는데
난 나가지도 못하고
엄마는 마트도 가지 않고 한숨만 내 쉬어요
신천지 이름 덕에 아파트가 눈부셨는데
신천지 이름 땜에 아파트가 떨어진다고 큰 한숨을요
웬일인가요, 아빠에게 물어 볼까요

후유증

오래 전부터 내 간 밑엔 담석이 살고 있었다
어느새 삼 센티로 자라서
슬금슬금 기척을 하길래 그예 쓸개를 떼어버렸다
원하는 건 크지도 자라지도 않으면서
별 게 다 속을 썩이고 같이 자라서 더불어 살아간다
수술 후 보름이 됐는데도
네 군데를 뚫은 게 땅기고 배까지 더부룩하니
아직 바지허리도 여유가 없고 걷기도 거북해 좀 어그적댄다
재빠른 것보다 어그적대며 사는 것도 두루뭉실해서 괜찮다
오늘도 한식부페에 가서 금식했던 이것저것을 챙겨 먹었다
배가 놀랐는지 칠 개월째 임신한 배다
담즙도 안 나올 텐데 후회가 막심하다
이제야 식탐을 줄이리라

쓸개 없는 여자가 됐더라도 있는 것처럼
정녕 쓸개 빠진 여자는 되지 않으리라

박수원 작품 해설 _____

시간과 공간의 층위 시학

시간과 공간의 층위 시학 ──
박수원의 제4시집 《행성으로 간 여자》

유 한 근 (문학평론가)

　박수원의 《행성으로 간 여자》는 네 번째 시집이다. 2014년 늦깎이 시인으로 문단에 데뷔한 뒤, 자신의 지나온 삶의 정신적 궤적들과 흔적들을 시로 형상화한 총체물로써 이 시집은 그 나름의 의미가 있는 것으로 자리매김해도 좋을 것이다. 그 소이所以의 하나는 세 권의 시집을 펴낸 시인으로서 하늘과 땅의 세계로 오르내리던 그의 수직적 공간세계가 이제는 땅의 세계에 정주하게 된다는 점, 그리고 그 둘은 문

청적 트라우마와 문학 전공의 교사로서의 한계의 사슬로부터 벗어나 진정한 자신의 시적 세계에 진입하고 있다는 점이다. 그는 기존의 시집《그림자의 말》,《너무나 인간적인》,《가면놀이》등을 통해 삶의 퇴적물을 쏟아내고 이제는 시인의 본래의 모습으로 돌아와 자신이 디디고 사는 땅에서 꿈꿀 수 있는 가능한 몽환을 꿈꾸고 있는 것으로 판단된다. 이것이 박수원 시를 바라본 나의 심미적 판단이다.

1. 그 여자, 존재를 꿈꾸며

세계世界의 세世는 인간의 대代라는 훈訓으로 시간적 개념을 의미한다. 그리고 계界는 지경地境이라는 훈으로 땅의 가장자리, 경계 부근을 의미하는 것으로 공간적 개념의 문자이다. 그래서 온 세상이라는 '세계'는 지구상의 모든 것, 시간과 공간의 모든 것을 의미한다. 시인의 시세계는 인간의 삶이 그러하듯 시간과 공간적 측면에서 탐색되어야 한다. 그것이 이미 기존의 시인의 문학세계를 탐색하는 데에서도 입증되었다. 보들레르의 댄디즘의 시세계가 그것이고 미당의 시집의 변모에 대한 연구가 그것이다. 보들레르는 댄디즘을 정신주의와 극기주의에 맞닿아 있는 것으로 생각했다. 그리고 그것을 종교로서 여겼으며 자아를 초극하는 의지의 미학으로 보았다. 다분히 불교적 인식과 닿아 있는 사고의 결과이지만, 댄디즘은 위로 오르려는 자아의 극복의

지로 해서 초월자 앞에 재물이 되기를 갈구하는 희생정신이다. 시간과 공간의 벽을 무너뜨리고 인간이 잃어버린 정신적 질서를 회복하기 위하여 미학의 힘을 빌려 현실 너머의 관념을 얻으려는 하나의 순수한 유희충동이다. 댄디즘(dandyism)의 미학은 현실공간으로부터 벗어나 이상을 향하여 비상하고자 하는 의지의 미학이다. 초월하는 자유인이 되려는 의지의 미학이기도 하다. 그러나 이에 대한 실천에는 필연적으로 자아에의 집중을 요구한다. 그래서 고독할 수밖에 없게 되고 극기와 고행을 수반하게 된다. 진아眞我를 탐색하기 위하여, 그곳에 자리하고 있는 피안의 세계 혹은 그 세계에서 원초적이고 본질적인 근원의 고리를 찾아 그 질서를 탐색하는 미학적 국면에서의 댄디즘적 삶은 상징의 자유를 얻어 끝없이 비상하는 초월주의에의 열망에 전율하는 사람에게만 가능하기 때문이다. 그래서 시인은 그 세계를 꿈꾼다. 미당 서정주의 시적 모티브가 '화사花蛇'의 지상으로부터 동천冬天의 천상, 하늘로의 반복적 공간의 변화와 이제 공간에서 신라의 시간으로, 다시 현실 세계로 리듬처럼 반복하듯이 현실에서 끊임없이 초월주의를 꿈꾸었다. 그렇듯이 박수원 시도 현실에 발을 딛고 그가 원하는 무언가를 꿈꾼다. 그것을 우리는 탐색해내야 한다. 이를 위해 표제시〈행성으로 간 여자〉를 먼저 보자.

　　지금 지구에 있는 여자는
　　수성 금성 화성 목성 토성 천왕성 해왕성

그 중 어디로 갈까, 어디서 살까

매일 창문을 열며 창문을 닫는
지친 척추로 지친 지구를 발 딛고 사는 여자
꿈에서라도 꿈을 좇는 여자가
우주 끝 어디로 가야만 할까

화성은 냉정해서 밟기가 힘들고
토성은 기체에 붕붕 떠 다녀야 해 이내 못 가고
금성은 뜨거워서 또 열정에 시달릴까 봐, 그렇고
온갖 핑계를 대면서도 가야만 한다고

하룻밤, 열두 번도 더 행성으로 간 여자
지구를 떠나지 못하는 여자가
맘대로 집도 비우지 못하는 여자가
가끔은 자기도 잃어버려 서성대는 여자가

- 시 〈행성으로 간 여자〉 전문

행성은 붙박이별이 아니라 떠돌이별이다. 수동적이 아니고 역동적인 별이다. 지구를 비롯한 태양계의 다른 별들도 나그네별이지만, 지구에 사는 여자는 태양계의 다른 별로 가기를 꿈꾼다. 그 여자는 "매일 창문을 열며 창문을 닫는/지친 척추로 지친 지구를 발 딛고 사는 여자/꿈에서라도 꿈을 좇는 여자"이다. 다람쥐 쳇바퀴 돌리듯이 반복적인 일상을 영위하는 윤리적 존재이다. 그로 인해 척추조차도 지친 그러나 지친 지구에서 떠나지 못하는 지구인이다. 그러면서도 꿈속에서도 꿈을 좇아 서성이는 여자이다. 그 여자가 꿈을 꾸는 것은 타 행성의 속성인 냉정과 열정과 부유성을 싫어하면서도 밤마다 행성으로 떠나는 '꿈을 꾸는 집 지키기 여자'이다. "맘대로 집도 비우지 못하는 여자가/가끔은 자기도 잃어버려 서성대는 여자"이다. 이 시의 시적 자아는 자신의 정체성을 잊고, 그 정체성으로부터 떠나기를 꿈꾸는 여자이다. 발 딛고 사는 이 지구를 자신의 '지친 척추'로 인식하는 여자이기도 하다. 지친 척추로 지구와 동일시하는 존재이다. 그 속에서 댄디즘을 추구하는 시인이기도 하다.

　이러한 시각이 이 시집에서의 박수원 시인의 모습이라고 할 때, 우리는 그 존재의 양상과 그가 발 딛고 사는 이 세상과 그것으로부터 초월하려는 시적 의지가 무엇인가를 탐색해야 한다. 그것이 이 시집의 모티프이며 우리의 화두이기도 하다.

　　폭식한 사랑이 더부룩하게 부르트고 있다

　　그 사랑으로 이내 부어오른 배는
　　부글부글, 무서움도 없이 혈압을 높이고 허리띠를 늘어뜨리는

그건 만연된 사랑이다

이따금씩 메슥거리는 배탈의 징조는 욕심낸 사랑의 반증인지도

흔하게들 사랑해서, 그래서 귀한 맛이 귀해서 지극히도 굶어야
할 사랑인지도

때때로 비우며 사는 것이 옳다고 한들
꺼질 줄 모르는 무게로 뒤뚱뒤뚱 뛰어오르는 갈등에도 초연했
던 너,
너 때문에
엄청 나는 배부르게 먹는다

가벼워진 사랑 앞에는 늘 배 고파하는 갈구가 배어서라고
받은 사랑의 적정선을 그 누군들 그리 알겠는가
덜어내야 네게 줄 사랑 또한 듬뿍하다는 걸, 그만을 알 뿐

그래서 간헐적으로 지극히 굶어야 할 사랑인지도
                                    - 시 〈간헐적 단식〉 전문

위 시 〈간헐적 사랑〉에서 시적 자아는 이 땅의 만연한 사랑을 배 더

부룩하게 부어오른 폭식한 사랑으로, 이따금씩 "부글부글, 무서움도 없이 혈압을 높이고 허리띠를 늘어뜨리는" 배탈의 징조를 보이는 "욕심낸 사랑"으로 인식한다. 그래서 시적 자아는 그 사랑을 "귀한 맛이 귀해서 지극히도 굶어야 할 사랑"으로 인식한다. 부피와 체중을 줄게 하는 사랑이 진정한 사랑으로 인식한다. 기존의 사랑에 대한 인식과는 변별성 있는 사랑에 대한 인식이다. 사랑에 대한 욕망을 식욕으로 인식하고 시로 형상화 하는 것도 특별하지만, 사랑에 대한 인식이 남 다르다는 점에서 생소하지만 시적 자아의 존재를 이해하는데 주목된다.

그러나 이 시에서의 이해 관건은 "때때로 비우며 사는 것이 옳다고 한들/꺼질 줄 모르는 무게로 뒤뚱뒤뚱 뛰어오르는 갈등에도 초연했던 너,/너 때문에/엄청 나는 배부르게 먹는다"에서의 '너'에 대한 존재이다. '너'는 이 시의 모티프인 사랑일 수도 있고 아니면 특정한 존재일 수도 있다. 하지만 '너'가 사랑이 아닌 것은 "덜어내야 네게 줄 사랑 또한 듬뿍하다는 걸"이라는 구절 때문이다. 그렇다면 '너'는 특별한 존재이다. 그 존재는 시적 자아의 다른 존재일 수도 있다. 자아의 정체성을 탐색하기 위해 설정한 시적 장치일 수 있다는 점이다. 그렇다고 할 때, 시적 자아가 타자 혹은 또 다른 자아에게 듬뿍 줄 사랑의 적정성에 대한 사유는 "가벼워진 사랑 앞에는 늘 배 고파하는 갈구가 배어서라고/받은 사랑의 적정선을 그 누군들 그리 알겠는가/(…)그만을 알 뿐//그래서 간헐적으로 지극히 굶어야 할 사랑인지도" 모른다고 하는 것이다.

'간헐적 사랑'은 절제된 사랑이다. 분수처럼 뜨겁게 솟아오르는 사랑은 아니지만 끊임없는 사랑이다. 마르지 않는 사랑이다. 소진되어 소멸하는 사랑이 아니라 영원한 사랑이다. 그래서 때로는 굶어도 좋을 사랑인지도 모른다. 부단히 시 창작을 하는 박수원 시인의 마음과도 같은, 문학에 대한 사랑이 간헐적 사랑의 힘일까?

시 〈과연 나는 누구에게 아름다운 사람인가를 묻는 밤〉의 서두 "떠나고 싶은 날엔 훌쩍 기차를 타고 그곳으로 가야만 한다 느릿느릿 기어가는 기차를 타면 더 좋고 간이역마다 듬성듬성 핀 꽃들, 유심히 바라보는 심사가 고독하면 그 길 더 잘 떠났다 싶"다는 그녀의 마음이 간헐적 사랑일지도 모른다. 그녀는 "굳이 빨리 갈 목적지가 없다면, (…) 가장 느린 거북이 되어 달리는 날도 참으로 사는 날"이라고 사유하는, "그곳이 어딘지 잘은 몰라도 사람 사는 그런 냄새나는 곳이라면 마냥, 마냥 더 좋다"고 생각하고 그런 나라를 꿈꾸는 그녀일 지도 모른다. 그래서 박수원 시인은 이 시에서 자신에게 이렇게 묻는다. "과연 나는 누구에게 아름다운 사람인가, 참으로 아름다운 사람이 되어 봤던가 토담집 방안, 촉촉한 귀뚜리 소리에 진실을 토하며 아리도록 따라 부"르는 "누구에게 아름다운 사람"인지를 묻는다. 어쩌면 자신이 간헐적 사랑의 주체인가를 묻는지도 모른다.

1
오월의 담장은 페인트를 막 뿌려놓은
빨강과 초록의 물결, 위대한 장밋빛 시대다

만약 세월을 건너서

피카소의 그 장밋빛 시대에 나도 살았더라면

겉으론 저 분홍, 빨강장미처럼

향기를 품어내며 가시라도 뾰족뾰족 품으면서

여린 듯 칠칠히 살아가는 광대였는지도,

한참을 담장 곁에서 내 생애 마지막 피우는 꽃처럼

섣불리 진단할 건 아니었는데,

그렇다고 고개를 끄떡이는 건

다시는 피우지 못할 내 치열함이 없어서였다

징검다리를 건너서야 아비뇽의 여인처럼

분해된 모습을 그릴 걸 알면서도

2

우리 시유의 레고, 정원의 집은

꽃, 나무, 풀, 바람의 냄새들에 쿵쿵대는 미끄럼틀, 시소까지 방
대하다

끝없이 펼쳐지는 그 레고에서

어느 날은,

꽃이 마차가 됐다가 거만한 주인이 마부가 됐다가

어느 날은,

집을 바닥에 눕히고 꽃을 눕히고 나무를 눕히고는 그건 바람의
횡포라고 했다

어느 날은,

아예 완전히 해체해서 제각각이다

가히 기하학적인 형태로 변해갔다가 다시 피어나는 입체감에

피카소를 전혀 모르는 아이에서 피카소로 옮아가는 중이다

3

그렇다면 나의 큐비즘은 완전했던가, 내 환영까지도 인사동 골목
에서 전시하던 조각보로 나눠지고 머리에 눈이 붙고 배꼽에 입이 붙
어도 제대로 보고 제대로 말했던가, 얼마나 허물어지고 조립됐다가
다시 분해되고 다시 일어났던가 이렇게 쌓아올려져 갈기갈기 공중
분해하는 즐거움이 슬픔인 걸 알 때는, 시유의 정원에서 바람이 불
고 그 시소에서 엉덩방아를 찧어 볼 때다 그때는 아비뇽의 여인처럼
나도 또 분해될 때다 찬란한 장밋빛 시대에 맞서서 치열할 때다

- 시 〈아비뇽의 여인처럼 나는 분해된다〉 전문

이런 맥락에서 시인은 자아를 다른 시각에서 입체적으로 성찰한다.
시 〈아비뇽의 여인처럼 나는 분해된다〉에서 파카소의 입체주의 그림
인 '아비뇽의 처녀들'의 이미지를 통해, "그렇다면 나의 큐비즘은 완전
했던가, 내 환영까지도 인사동 골목에서 전시하던 조각보로 나눠지
고 머리에 눈이 붙고 배꼽에 입이 붙어도 제대로 보고 제대로 말했던
가, 얼마나 허물어지고 조립됐다가 다시 분해되고 다시 일어났던가"

라며 현상적인 자기의 모습이 어떻게 보이는가를 분석한다. 그뿐만
아니라, "이렇게 쌓아올려져 갈기갈기 공중분해하는 즐거움이 슬픔인
걸 알 때는, 시유의 정원에서 바람이 불고 그 시소에서 엉덩방아를 찧
어 볼 때다 그때는 아비뇽의 여인처럼 나도 또 분해될 때다 찬란한 장
밋빛 시대에 맞서서 치열할 때다"(시〈아비뇽의 여인처럼 나는 분해된다〉에서)
라며 자신의 내면을 분해한다. 그리고 시〈후유증〉에서는 담석을 모
티프로 하여 자신을 인식하려 한다.

오래 전부터 내 간 밑엔 담석이 살고 있었다

어느새 삼 센티로 자라서

슬금슬금 기척을 하길래 그에 쓸개를 떼어버렸다

원하는 건 크지도 자라지도 않으면서

별 게 다 속을 썩이고 같이 자라서 더불어 살아간다

수술 후 보름이 됐는데도

네 군데를 뚫은 게 땅기고 배까지 더부룩하니

아직 바지허리도 여유가 없고 걷기도 거북해 좀 어그적댄다

재빠른 것보다 어그적대며 사는 것도 두루뭉실해서 괜찮다

오늘도 한식부페에 가서 금식했던 이것저것을 챙겨 먹었다

배가 놀랐는지 칠 개월째 임신한 배다

담즙도 안 나올 텐데 후회가 막심하다

이제야 식탁을 줄이리라

쓸개 없는 여자가 됐더라도 있는 것처럼

정녕 쓸개 빠진 여자는 되지 않으리라

- 시 〈후유증〉 전문

　위의 시 〈후유증〉은 담석으로 인해 쓸개 수술을 한 후 삶의 변화를
진솔하게 서술하고 있는 리얼리티 시이다. 시적 자아의 시각은 내면
의 원형적 정서나 초월적인 대상으로부터 선회하여 현실적 삶에 꽂힌
다. 정신적인 시각이 아닌 육체적인 시각으로 시적 관심을 집중하면서
삶을 직접적으로 대면한다. 이러한 현실 대면은 기존의 박수원 시에서
볼 수 없었던 큰 혁명적 변모이다. 하늘에서 땅으로, 영혼에서 육신으
로 시적 자아를 전환시키는 계기를 마련한 것으로 재생적 상상력에서
현실의 생산적 상상력의 층위에 발을 딛는 것으로 칸트의 상상력으로
층위를 단계화한 시학이다. 댄디즘의 공간에서 리얼리즘의 공간으로
내려온 것이다.

　그럼에도 불구하고 박수원은 미학적 상상력을 포기하지 않는다. 시
미학을 배가시킨다. 위의 시 〈후유증〉에서 "재빠른 것보다 어그적대
며 사는 것도 두루뭉실해서 괜찮다"와 "담즙도 안 나올 텐데 후회가
막심하다", 그리고 "이제야 식탐을 줄이리라//쓸개 없는 여자가 됐더
라도 있는 것처럼/정녕 쓸개 빠진 여자는 되지 않"겠다는 표현구조가
그것이다. 이러한 표현구조의 변용과 시적 변모는 리듬처럼 반복하는
일상, 또는 현실 세계에서 끊임없이 초월주의를 꿈꾸기 위해서 일 것

이다. 그뿐만 아니라, 시의 몸피와 무게를 줄이기 위한 창작적 시도이기도 하다.

2. 그 시인, 사회 구성원을 꿈꾸며

시인으로서의 삶이나 자연인으로서의 삶은 역사와 사회로부터 자유로운, 결코 그것과 인연도, 연고도 없는 차원에서 초월적으로 생활할 수 없다. 인간적인 삶의 현실 상황에서 초역사·사회적인 것의 존재 그 자체도 동시에 역사적, 사회적 규정 없이는 존재할 수 없다. 이것은 인간 삶의 올바른 진실이다. 이는 시간과 공간적인 국면에서도 마찬가지다. 이를 입증해 주는 시가 〈나이 들은 거리〉이다. '나이 들은'은 시간이고 '거리'는 공간이다. 이 시에서 시적 자아는 전자, 시간의 인식을 "그 언덕, 그 느티나무", 고층 빌딩, 계단 등 후자의 거리, 추측하건대 시적 자아가 사는 대구의 거리라는 공간에서 인식한다.

어느새
비밀같이 시간이 흘러 그 언덕, 그 느티나무
온 데 간 데가 없이도
시간을 붙들고 헤매는 이 거리에는 고층빌딩 유쾌히들 어깨 맞대고

키 재듯 용케 버텨 서 있다

새 것은 겉일 뿐 내 눈엔 다아 다 처절히 나이 들은 거리

언약은, 그러나 어디에서 후루룩 불려 와 어디로 다시 흘러갈지가

오래 전 무진처럼 가물가물하기만

연연히

잃은 곳과 얻은 곳이 한 곳에 머물러 사는 데도

사라진 것만이 어릿어릿, 낯붉히며 어설피 스며드는 곳

이건 어차피 새로울 것 하나 없는 다아 다 나이 들은 거리라고

저 빌딩 저 계단, 저쯤, 저쯤이

아마도 그 언덕, 그 느티나무 나란히 서서 날 기다리던 곳

눈치껏 살아온 더부살이 삶이라도 어찌 쉬이 피할까

더불어

묵은 삶이라 구차한 게 더 있을까

굳이 버리지도 그리 염려치도 말기를 간곡히 부탁한다

묵은 황토는 제 한 몸 썩혀 한 세월을 키웠듯

새 것이 헌 것으로, 헌 것이 새 것으로 옷만 갈아입는 이런 무지렁이

같이 나이 들은 거리

본색은 그 안에서 움 트고 열매로 맺어 늘 거기에 살고를 있다

비밀같이 시간이 흘러도 나, 머물러 사는 동안에만은

                                        - 시〈나이 들은 거리〉전문

이 시에서의 키워드는 '비밀 같은 시간'과 '나이 들은 거리'이다. 이를 통합하는 시 구절은 "새 것이 헌 것으로, 헌 것이 새 것으로 옷만 갈아입는 이런 무지렁이/같이 나이 들은 거리"이다. 그 거리는 "잃은 곳과 얻은 곳이 한 곳에 머물러 사는 데도/사라진 것만이 어릿어릿, 낯붉히며 어설피 스며드는 곳/이건 어차피 새로울 것 하나 없는 다아 다 나이 들은 거리"이다. 이렇게 공간 인식은 많은데 비해, '비밀 같은 시간'은 이 시에서 토로되지 않고 있다. 그것은 시적 자아의 지금까지 살아온 삶의 시간이기 때문이다. "눈치껏 살아온 더부살이 삶", 시적 자아의 "비밀같이 시간이 흘러도 나, 머물러 사는 동안"의 시간이기 때문이다. 그러나 이 시의 요체는 시적 자아의 비밀 같은 시간이다. 나이 들은 거리에 대한 인식은 뭇사람이 공통적으로 인식하는 거리인데 비해, 비밀 같은 시간은 시인의 독자적인 특별한 시간이기 때문이다.

이를 탐색해야 시인의 작품세계를 이해할 수 있을 것이다. 박수원은 코로나19의 피해를 가장 치명적으로 입은 대구에서 살고 있는 시인이다. 그 공간에서 사는 시인으로서의 소회를 시 〈고립 -대구에 사는 게 서러운 날〉에서 이렇게 피력한다.

사람이 싫은 날은
알타미라 동굴에 갇혀 마냥 잠자고 싶던 날
아니면, 아라비아 사막
어느 사구를 홀로서 헤매어도 끄떡없을 날일 텐데

코로나19가 물밀듯이 범람한 날로

거슬러 한 달째

갇혀 산다는 게 마냥 서러운 날일 줄은

대구에 사는 게 마냥 서러운 날일 줄은

스스로 갇혀 사는 날의 가치로

학창 시절 무한히도 사모했던 까뮈,

그의 페스트를 읽은 후로 서럽게 나는 갇혀버렸다

과연 이런 동굴 올까도 싶었는데

막연한 환상이 물감 퍼지듯 번져나는 실존에,

실존이 꿈틀대는 고립의 사구도 올까를 싶었는데

끊임없이 울리는 생존의 전화와

눈 뜨면 불어나는 확산 소식에

그대가 떠난 날보다 더 서러운 날일 줄은

그러니 우예 할꼬, 우예 할꼬

그윽한 이 봄날을

가도 오도 못하고 도둑만 맞고 있는 이 봄날을

　　　　　　　　　- 시〈고립 -대구에 사는 게 서러운 날〉전문

'대구에 사는 게 서러운 날'이라는 부제가 붙은 위의 시〈고립〉은 서

러운 봄날의 대구를, 코로나19를 까뮈의 페스트를 차용하여, 고립으로
부터의 생존 의미와 봄날의 서러움을 진솔하게 토로한 시이다. 시적 자
아는 "사람이 싫은 날은/알타미라 동굴에 갇혀 마냥 잠자고 싶던 날/아
니면, 아라비아 사막/어느 사구를 홀로서 헤매어도 끄떡없"겠지만, 코
로나19로 인해 대구에서 갇혀 사는 날은 서러울 수밖에 없을 것이다.
그 상황을 시적 자아는 시〈신천지 아파트〉에서는 유치원생이 되어, 서
러움과는 달리 엄마 아빠의 한숨으로 표현한다. "신천 옆에 사는, 사람
들 사는 아파트 /우리 아파트는요/활짝 핀 산수유가 시골집 멍석에 깔
아 놓았던 노르스름한/그 좁쌀 몇 되 박 뿌려 놓은 듯/여기저기서 노
릇노릇 봄이 왔다고 야단입니다/머지않아 개나리도 필 것이지만요"(시
〈신천지 아파트〉 1연)이라고 '신천지 아파트'의 이름값을 새로 찾아온 봄
으로 노래한다. '신천지'의 중의적 이미지를 차용한 것이다. 그러나 코
로나19의 시회적 상상력으로 "이때쯤, 저 나무들 밑으로 나는/노란 원
복에 노란 가방 매고 노란 버스 타러 뛰어 갈 텐데/언제 입을까 처다보
고만, /자꾸만 입고 싶어 만져 보기만,/엄마는 코로나라는 손님이 찾아
와서 못 나간다며/현관문을 꽉 잠가놓곤 놀이터도 나가지 말래요/아
마도 무서운 사람이 오는가 봐요/내가 목말라 헛기침만 해 대도 산수
유 화들짝 놀라 꽃 피우듯/온도계를 귀에 갖다 대고들 산답니다"(시〈신
천지 아파트〉 2연)라고 서술한다. 산수유, '노릇노릇 봄', 노란 원복과 노
란 버스의 신천지와 코로나19의 신천지를 병렬시켜 중의적 의미를 입
체화한다. 그리고 마지막 연에서는 "이 비는 산수유를 적셔주니 봄비겠
지요/희뿌연 앞산이 쓸쓸하게 내 눈을 맞춰줍니다/아빠와 거닐던 신천

여울이 송사리 떼 키울 때가 다 됐는데/난 나가지도 못하고/엄마는 마트도 가지 않고 한숨만 내 쉬어요/신천지 이름 덕에 아파트가 눈부셨는데/신천지 이름 땜에 아파트가 떨어진다고 큰 한숨을요/웬일인가요, 아빠에게 물어 볼까요"(시〈신천지 아파트〉3연 마지막 연)라고 봄을 맞는 자연 세계와 인간 세계를 대조하여 보여줌으로써 시적 자아가 사는 '대구'라는 공간을 더욱 서럽게 한다.

> 목요일 밤은 미스터트롯의 밤,
> 한시름이 품안에서 도망치던 밤이다
> 이 노래라도 들어야
> 멀리 있던 일주일이
> 고운 님 오시듯 사뿐사뿐 찾아와 매일이 즐겁다
> 즐겁다 못해 보내기가 서럽다
>
> 그런데 서럽다 못해, 매정토록
> 문전박대할 님은
> 기별도 없이 찾아온 멀리서 온 손님이다
> 대면하기조차 싫은 님이어서
> 스스로 두는 이 사회적 거리
> 이런 게 창살 없는 그 감옥이라든가

순간은 영원의 노래를 남기고

이제 미스터트롯은 끝났다

환호했던 목요일, 한 줄기 햇살은 그렇게 갔다

보랏빛 엽서를 애절히 써 놓고는

또 막걸리 한 잔을 거나하게 따라주고선

진또배기 한 타령으로 위로해 줬다

난 시름없이 이기겠노라

고맙소, 고맙소를 한결같이 되뇌었다

- 시 〈미스터트롯〉 전문

　　시 〈미스터트롯〉는 얼마 전 목요일 밤 케이블 'TV조선'에서 방영했던 연예프로그램인 '미스터트롯'을 모티프로 한 시이다. 이 프로그램은 '내일은 미스트롯'이라는 대중가요 프로그램이 성공하자, 그 후속 연예프로그램으로 코로나19로 마음 고생하는 국민을 위로해 준 시청률 높은 프로그램이다. 트롯을 별로 좋아하지 않던 사람들도 이 음악 프로그램 덕분에 행복했다고 한다. 그 트롯의 밤을 박수원은 "한시름이 품안에서 도망치던 밤이다/이 노래라도 들어야/멀리 있던 일주일이/고운 님 오시듯 사뿐사뿐 찾아와 매일이 즐겁다/즐겁다 못해 보내기가 서럽다"(시 〈미스터트롯〉 1연)고 찬미한다. 그러나 그 프로그램이 종영하자 이렇게 노래한다. "그런데 서럽다 못해, 매정토록/문전박대할 님은/기별도 없이 찾아온 멀리서 온 손님이다/대면하기조차 싫은 님이어서/스스로 두는 이 사회적 거리/이런 게 창살 없는 그 감옥이라든가//순간은 영원의 노래를 남기고/이제 미스터트롯은 끝났다//환호했던 목요일, 한 줄기 햇살은 그렇게 갔다"고 감회를 노래하며, "보랏빛 엽서를 애절히 써 놓고는/또 막걸리 한 잔을 거나하게 따라주고선/진또배기 한 타령으로 위로해 줬다/난 시름없이 이기겠노라/고맙소, 고맙소를 한결같이 되뇌었다"(시 〈미스터트롯〉 마지막 연)고 그 프로그램에서 가수들이 노래했던 '보랏빛 엽서', '막걸리 한 잔', '진또배기', '고맙소'라는 노래 제목을 차용하여, 코로나19로 인한 우리의 비극적 상황을 'K-트롯' 리듬으로 형상화한다.

　대중가요는 당대의 정서와 사상을 가장 즉각적으로 반영한다. 그것은 순수음악보다는 예술적 중후감에서 깊지 않은 사유의 소산이라 해도, 대중예술의 한 장르로써 사회에 민감한 촉각을 갖고 있기 때문이다. 최근에 들어 K-POP이 세계로부터 주목받으면서 대중음악의 작시에 대한 관심도 고조되었다. BTS의 노랫말이나 랩에 대한 평가가 한국현대시와의 비교를 통해 주목받는 것은 그것이 상업적이고 대중적이라는 특성과는 관계없이 표피적이지만 즉각적으로 우리 사회를 반영하고 있다는 점 때문이다. 이러한 특성을 층위가 다른 시의 공간에서 차용하여 효과를 꾀하고 있는 시가 〈미스터트롯〉이다. 이 점이 박수원의 기존의 시 세계와는 다른 점이기도 하다.

3. 그 시, 짧은 시와 깊은 사유

3권의 시집을 통해서 보여준 박수원의 기존 시와 이 시집에 수록된 시 중 눈에 띄게 다른 특성 중 하나는 짧은 시들이 심심치 않게 보인 다는 점이다. 이런 변별성은 여러 가지의 특성을 함유한다. 세계를 바라보는 시인의 인식과정의 차이 때문에 생겨나는 것이지만, 짧은 시는 정서나 사상이 극도로 절제된 시로 사물에 대한 인식이나 사상事象에 대한 깊은 사유의 소산이어야 한다. 정제된 시어와 정갈한 이미지, 그리고 단순하지만 입체적인 구조를 통해 시적 사유의 힘을 보여주어야 하기 때문이다.

갈까 말까 망설이는 강둑에서 그예 없는 답
나는 서 있지 못해 주저앉았다

반짝이는 강물이 내 눈물에 들어와 같이 흘렀다
저처럼 반짝이며 떠올라 흐르는 것도 일말의 사유

여울목 거스르며 튀어 오르는 은어의 비늘처럼
반짝이는 결정의 방울, 저 방울도 일말의 사유

오는 길에 보았던 연꽃잎 뒹구는 물방울이

토옥톡 정갈히 흩어졌다 궁그는 것도 일말의 사유

모나지 않게, 모나지 않게 돌돌돌 굴려가는
그 쇠똥구리가 주저앉은 강둑을 기어올랐다

                                        - 시 〈사유의 힘〉 전문

　위의 시 〈사유의 힘〉은 5연 10행시로 짧은 시에 속한다. 이 시는 첫
연 "갈까 말까 망설이는 강둑에서 그예 없는 답/나는 서 있지 못해 주
저앉았다"와 마지막 연 "모나지 않게, 모나지 않게 돌돌돌 굴려가는/
그 쇠똥구리가 주저앉은 강둑을 기어올랐다"를 액자로 해서 "일말의
사유"에 해당되는 세 개의 이미지로 구조된 시이다. 일말의 사유 ①,
그 이미지는 시적 자아의 눈물에 들어와 반짝이며 떠올라 흐르는 강
물이다. 일말의 사유 ②, 그 이미지는 "여울목 거스르며 튀어 오르는
은어의 비늘" 같은 "반짝이는 결정의 방울"이다. 그리고 일말의 사유
③, 그 이미지는 연꽃잎에서 정갈하게 흩어졌다가 뒹구는 물방울과도
같은 사유이다. 이 세 개의 '일말의 사유'는 순수한 자유물이며 찬란하
게 빛나는 영롱한 사유들이다. 그 사유의 힘이 삶에 대한 화두에 답을
얻지 못하고 주저앉은 시적 자아를, "모나지 않게 돌돌돌 굴려가는/그
쇠똥구리"처럼 "강둑을 기어"오르게 하는 힘이 된다. 일말—抹의 사유
는 어찌 보면 보잘 것 없는 생각일 수도 있지만 그 사유는 한 인간의
삶을 바꾸어 놓는 커다란 힘이 될 수 있음을 이 시는 환기해 준다.

그뿐만 아니라, 〈누운 풀처럼〉 혼자 떠나게도 한다.

누운 풀처럼 나는 눕겠다

키 없이 땅에 바짝 드러누워 느티나무 꼭대기 우러르다 보면

떠가는 바람들도

부딪치는 것 없어 허허하다며 건너서 뛰어갔다

비굴하지 않게

그러나 낮은 자세로 살다가 보면

바짝 버텨 있는 날보다 내 누운 날이 가슴 편했다

누운 풀처럼 다들 내려놓으면

어느 바람도 부딪침 없이 혼자 떠갔다

- 시 〈누운 풀처럼〉 전문

위의 시 〈누운 풀처럼〉은 서정적 자아를 누운 풀로 표상한다. 그래서 때로는 "땅에 바짝 드러누워 느티나무 꼭대기 우러르다 보"고, 어떤 때는 "떠가는 바람들도/부딪치는 것 없어 허허하다며 건너서 뛰어"가며, "비굴하지 않게/그러나 낮은 자세로 살다가 보면/바짝 버텨 있는 날보다" "누운 날이 가슴 편"하다는 사유하면서 "누운 풀처럼 다들 내려놓"고, "어느 바람도 부딪침 없이 혼자 떠"가게 된다. 세상에서 가장 낮은 곳에 누운 풀처럼 마음 편하게 내려놓는다. 그리고 급기야는

시 〈지상에서 지하로 1〉에서처럼 "지상의 햇살보다 지하의 어둠이 더 아늑하다 /두더지 같아도 결국, 두더지가 쉽지 않은 하루이면서/산다는 건 두더지가 되어가는 일"이라는 인식도 하게 한다.

　하지만, 박수원 시인은 시적 감성만큼은 포기하지 않는다. 시에 대한 미학 추구를 시인으로서의 소명으로 인식하기도 한다. 시 〈잃은 말〉을 보면 박수원 시인의 짧은 시에 대한 미학의 일단을 살펴볼 수 있다.

　　　　갈대숲을 거닐다가 말을 잃었다

　　　　바람소리
　　　　새소리
　　　　게들 기어가는 소리
　　　　갈대가 노래하며 흐느끼는 소리

　　　　말하지 않아도 다 들리는 말이
　　　　귓속으로 모여들어 귀가 멀었다

　　　　이렇게
　　　　말을 하지 않아도 말이 될 때에
　　　　네 소리 무심히도 듣는 건

지금의 사명, 잃은 말의 겸손이다

- 시 〈잃은 말〉 전문

　시인에게 있어 자연의 소리는 말하지 않을 때 오히려 모든 소리가
더 잘 들린다. 그것을 듣는 일은 시인에게 있어 사명 같은 일이며 "잃
은 말의 겸손"이라고 시인을 말한다. 여기에서 다시 주목되는 부분은
"네 소리 무심히도 듣는 건/지금의 사명, 잃은 말의 겸손이다"라는
시 구절이다. '네 소리'는 자연의 소리인 "바람소리/새소리/게들 기어
가는 소리/갈대가 노래하며 흐느끼는 소리//말하지 않아도 다 들리는
말"이다. 그 소리를 그 자체로 듣는 것이 시인의 사명이고, 시인의 겸
손과도 같은 무언無言이라는 인식은 시의 언어와 시인의 마음이 무엇
인가를 새삼 환기해 준다.

　① 저 연분홍은 수줍다 못해 여리고

　　여리다 못해 옹골차게 피어난 가슴앓이 꽃

　　아무도 모올래 품고서는 시름시름 앓다가

　　촛농 떨어지듯 모두가 사그라져

　　아예

　　속으로, 속으로만 서서히 깊숙이 스며들다

　　스며들다가 다시금 스며든 그 자리

새초롬히 피어드는 가슴앓이 꽃, 그 메꽃

- 시 〈꽃말, 서서히 깊숙이 스며들다〉 전문

② 그대 멀리 있으나
무슨 말이라도 해야 나, 살 것만 같아
펼쳐 놓은 하이얀 종이 위

한 말도 쓰지 못하고
결국 비행기로 날려버린 파아란 하늘에
숨겨났던 그 말들이
톡톡톡,
석류 알갱이처럼 튀어나와 휘날린다

공중에 뜬 붉디붉은 석류의 언어다

- 시 〈연모〉 전문

위의 두 편의 시는 극도로 절제된 단시의 극대화된 미학을 보여준다. 위의 ①의 시 〈꽃말, 서서히 깊숙이 스며들다〉은 메꽃의 꽃말인 "서서히 깊숙이 스며들다"의 의미를 가져와, 메꽃을 "수줍다 못해 여리고/여리다 못해 옹골차게" 연분홍색으로 피어난 가슴앓이 꽃으로, 그리고 "아무도 모올래 품고서는 시름시름 앓다가/촛농 떨어지듯 모두가 사그라져/아예/속으로, 속으로만 서서히 깊숙이 스며"드는 꽃으로 인식한다. 그리고 메꽃의 꽃말에 대한 의미 환기를 새삼스럽게 함으로써 하나의 사물을 새롭게 인식할 수 있는 기회를 만들어주는 시이다.

②의 시〈연모〉는 이성을 사랑하고 그리워한다는 의미의 연모戀慕의 의미를 색채적인 이미지로 시각화한 시이다. 파아란 하늘에 숨겨놓았던 연모의 언어가 석류 알갱이처럼 튀어 나와 휘날리는 붉디붉은 석류의 언어가 되었다는 이미지는 시각적으로 특별하다. 청색 하늘 속에서 붉게 익은 석류 알갱이처럼 튀어나오는 말, 그것이 사랑의 말이라는 인식은 어떤 사랑의 시보다도 선명하다. 그리고 섬짓하기도 하다.

필자는 이 평설의 서두에서 박수원 시인을 지구에 살면서도 태양계의 다른 별로 가기를 꿈꾸는 여자로 인식했다. 그 여자는 "매일 창문을 열며 창문을 닫는/지친 척추로 지친 지구를 발 딛고 사는 여자/꿈에서라도 꿈을 좇는 여자"(시〈행성으로 간 여자〉에서)이다. 지구에서 떠나지 못하는 지구인이다. 밤마다 행성으로 떠나는 '꿈을 꾸는 집 지키기 여자'이다. "맘대로 집도 비우지 못하는 여자가/가끔은 자기도 잃어버려 서성대는 여자"이다. 지친 척추로 지구와 동일시하는 존재이다. 그 속에서 댄디즘을 추구하는 시인이기도 하다. 또한 시〈지금은 외출 중입니다〉에서처럼 그 행성과도 같은 그 집 문 앞에 '지금은 외출 중'이라는 팻말이 붙어 있어 기다리고 있지만, 그 여자는 그 집으로 들어갈 것이다. 그 집 주인과 그 여자가 '지금은 외출 중'인 동안 이 세상을 둘러볼 것이고 이 땅의 의미를 환기하게 될 것이다. 이러한 시각이 이 시집에서의 박수원 시인의 모습이라고 할 때, 우리는 그 존재의 양상과

155

그가 발 딛고 사는 이 세상과 그것으로부터 초월하려는 시적 의지가 무엇인가에 지속적으로 관심을 갖게 될 것이다.

박수원 제4시집

행성으로 간 여자

초판 인쇄 | 2020년 07월 04일
초판 발행 | 2020년 07월 07일

지은이 | 박 수 원
펴낸이 | 이 노 나
펴낸곳 | (주)인문 엠앤비

주 소 | 서울특별시 종로구 북촌로 135
전 화 | 010-8208-6513
등 록 | 제2020-000076호
E-mail | inmoonmnb@hanmail.net

값 10,000원

ISBN 979-11-971014-0-3 03810

이 도서의 국립중앙도서관 출판시도서목록(CIP)은 서지정보유통지원시스템 홈페이지
(http://seoji.nl.go.kr)와 국가자료공동목록시스템(htpp://www.nl.go.kr/kolisnet)에서
이용하실 수 있습니다. (CIP제어번호: 2020027716)

Printed in KOREA